필요가 피로가 되지 않게

필요가 피로가 되지 않게

군더더기 없는 인생을 위한
취사선택의 기술

인나미 아쓰시 지음
전경아 옮김

필름

Not to Do List

- 본문에 언급된 도서 중 국내에 번역된 경우에는 번역서 제목으로 표기했습니다. 인용글은 저자의 원문을 번역한 것입니다.

| 들어가며 |

이 책을 선택해주어 감사하다. 나는 작가이자 서평가로 책을 쓰고 온라인 미디어 등에 글을 기고하는 사람이다.

글 쓰는 일을 생업으로 삼은 지 30여 년의 세월이 흘렀다. 이전에는 광고를 제작했고 그보다 전인 1980년대 초에는 프리랜서로 일러스트와 디자인 작업을 했다. 당시에 일이 거의 없어서 프리랜서라고는 해도 실질적으로 백수나 다름없었지만……. 그때는 아르바이트로 받는 돈이 수입의 대부분이라서 수중에 돈이 거의 없었다.

그런데 내가 그런 상태였던 1980년대는 '소비'가

그 사람의 위치를 말해주었다. 사회 전체가 들떠 있기 그지없었고 겉치레에만 신경 쓰는 사람이 많아 보였다. 나는 그런 분위기가 별로 마음에 들지 않았다. 그래서 1987년 '더 블루 하츠THE BLUE HEARTS'(1985년에 결성되어 1995년 해체된 일본의 펑크록 밴드다)가 〈When Bombs Fall(폭탄이 떨어질 때)〉이라는 곡을 발표하고 "쓸데없는 게 너무 많아"라고 연호했을 때 "지당한 말씀!" 하고 얼마나 공감했던지.

돌이켜 생각해보면 사고 싶은 것도 변변히 살 수 없었던 상황이라서 사람들을 질투했던 것 같다.

1980년대 후반이 되자 그런 나에게도 변화가 찾아왔다. 프리랜서로는 먹고살기 힘들어서 또래보다 몇 년 늦긴 했지만 취직을 한 것이다. 마침 경제에 거품이 절정이던 시대였다. 나는 아주 쉽게 취직할 수 있었고 덕분에 보람 있는 일자리와 당시의 시세로도 나쁘지 않은 수입을 손에 쥘 수 있었다.

그러자 거기에서 모순이 생겨났다. 얼마 전까지

만 해도 사람들이 낭비가 너무 심하다며 비아냥거리던 주제에 나 역시 억눌러왔던 물욕이 봇물 터지듯이 터져버린 것이다. 나는 언제 그랬느냐는 듯이 돌변하여 밤낮없이 물건을 사들였다. 꼴사납기 짝이 없는 패턴이었다. 이후 가정을 꾸리고 나서도 한동안 '갖고 싶은 것'에 집착했던 것 같다.

하지만 여러 가지로 안정을 찾으면서 다시 생각에 변화가 찾아왔다. 필요 없는 물건에 둘러싸이면서 스트레스를 받는 일들이 차츰 늘어난 것이다. 조금은 성장한 것인지도 모르겠다. 소비에 대한 문제의식이 높아진 시대의 변화에 영향을 받았다고도 할 수 있다. 어쨌든 필요 없는 것들을 차츰 없애나가자 내 생활이 얼마나 쾌적해지는지 실감하게 되었다.

참고로 여기에서 말하는 '필요 없는 것'이란 물질적인 것만을 의미하지 않는다. '다양한 물건'을 비롯해 사고방식이나 가치관에 이르기까지 삶의 다양한 범주에서 되돌아봐야 할 것들이다.

그리고 그런 고민 끝에 탄생한 것이 이 책이다. 눈에 보이는 물건부터 보이지 않는 가치관까지 다양한 범주에서 '내게 이게 필요하긴 한가?'라고 느낀 것을 토대로 그것이 정말로 필요한지, 필요 없다면 이제 어떻게 해야 하는지를 고찰한 글이다. 여러분에게 앞으로 다가올 시대에 관한 단서를 제공해주리라 생각한다. 맥주라도 마시면서(탄산수도 좋다) 편하게 읽어준다면 더없이 기쁠 것이다.

Contents

02 소통

내 말과 가치관이 부끄럽지 않으려면

03 생활 습관

생활을 망치는 군더더기 습관과 멀어지기

필요가 피로가 되지 않게

01

멘탈

인생은 감정을 어떻게 줄이느냐의 문제다

NO

지나친 예민함은 필요 없다

부정적인 기분에서 얼른 빠져나오기

코로나 바이러스의 영향으로 사회의 분위기나 시스템이 크게 바뀌었다. 그리고 그런 상황에서 마음이 까칠해진 사람들이 늘어난 것 같다. 바이러스 확산으로 긴급 상황이 이어지자 몇 사람이 모여 있다는 이유로 신고하거나, 방역 수칙을 지키며 영업 중인 가게인데도 자발적으로 나서서 단속하고 심지어 공격하는 사람들이 생겨나기도 했다.

앞이 보이지 않는 위기의 상황에서 인간의 신경은 더욱 예민해지는 걸까? 내 마음도 그들과 다르지 않아서 이해할 수 있는 부분도 있다. 하지만 이해하는 만큼 조금만 더 참고 좋게 생각하자고 제안하고 싶다. 그렇게 해서 힘들었던 일을 극복한 과거가 내게도 있으니까.

나는 일감을 잃었을 때 우울증에 걸리기 일보 직전까지 갔었다. 사람들을 때린 적은 없지만(그런 일은 너무 위험하다!) 당시에는 위태로울 정도로 신경이 예민해져 있었다. 아마 함께 있던 나의 가족도 참 답답했을 것이다(그때 내 곁에 있어준 가족에게 정말로 감사하다).

그때 마음이 편안해지고 긍정적으로 변할 수 있었던 이유가 있다. 머릿속에 문득 어떤 것을 염두에 두고 그것을 습관으로 들인 것이다. 그 결과 시간은 걸렸지만 차츰 마음이 안정되었다. 말하자면 그건 타인의 마음을 공유하는 것이었다.

예를 들어 길에서 모르는 사람과 스쳐 지나갔다고 하자. 그 순간 적어도 혼자 걷는 사람이라면 대개는 무표정이거나 진지한 얼굴을 하고 있다. 나를 포함하여 보통은 다 그렇지 않은가? 그런데 순간 문득 깨달았다.

'좀 전에 화난 표정을 지었던 그 사람도 가족이나 연인, 소중한 사람 앞에서는 웃음을 짓겠지?'

일부러 이렇게 생각한 건 아니고 그저 우연히 머릿속에 떠오른 생각일 뿐이다. 그런데 이렇게 생각했더니 마음이 한결 편안해졌다.

내가 생각해낸 거지만 '이거 참 좋은 아이디어인데?' 싶었다.

그날 이후로 나는 표정이 굳은 사람을 보게 될 때면 그 사람의 웃는 모습을 떠올리기 시작했다. 그럴 때마다 마음은 다시 편안해졌다. 그래서 계속해서 만나는 사람들의 미소를 떠올렸고, 언제부턴가 사람들을 호의적으로 바라볼 수 있게 되었다.

덕분에 힘든 상황이었다고 해도 예전의 내가 굉장히 공격적이었구나 하고 새삼 반성할 수 있었다. 아직은 완벽하다고는 할 수 없지만 신경이 예민해지는 일도 줄어든 것 같다.

이 일을 계기로 배운 점이 있다. 힘들지도 모르지만 눈앞에 벌어진 상황을 받아들여야 한다는 것, 그리고 어떻게 해야 할지를 냉정하게 생각해봐야 한다는 것이다. 그리고 그 과정에서 '모두 똑같이 힘들구나'라는 공감이 예민했던 내가 변화하는 데 크게 도움이 되었다.

실제로 겪어봤기 때문에 이런 마음가짐은 실천해볼 가치가 있다고 단호히 말할 수 있다. 물론 익숙해질 때까지는 시행착오를 거치겠지만 언젠가 습관화할 수 있을 것이다. 그 과정을 거쳐 앞을 바라볼 여유가 생기면 여러 면에서 조금씩 강해질 거라고 생각한다. 그리고 신경이 예민해지는 횟수도 조금씩, 하지만 확실하게 줄어들 것이다.

더 경험해봐야 알겠지만 억지로라도 마음을 안정시키면 결과적으로 어떻게든 되는 것 같다. 적어도 언제까지나 괜스레 공격성을 품고 있는 것보다 낫거니와 그런 공격성을 죽이지 않으면 힘들어지는 사람도 있다. 무엇보다 힘들다며 계속 괴로워하기보다 웃으며(굳이 자신을 속여서라도) 사는 것이 속 편하지 않을까? 억지웃음이어도 괜찮으니 말이다.

NO

어중간한 선의는 필요 없다

도움 받는 사람의 기분이 가장 중요하다

고등학교 2학년 때 어느 가을날, 집에 불이 난 적이 있다. 당시 화재 직후 우리 집으로 지원 물자가 속속 도착했다. 그런데 그런 도움 자체는 너무나도 감사한 일이었으나 우리 가족은 내용물을 확인할 때마다 힘이 쭉 빠지곤 했다. 커다란 상자들 안에는 낡아서 꾸깃꾸깃해진 티셔츠나 척 보기에도 유행에 뒤떨어진 구닥다리 겉옷, 누렇게 변색된 속옷 등 필요가 없어져서 보낸 물품들이 가득했기 때문이다. 그때 그것들을 보고 나의 존재를 부정당하는 듯한, 절망감과도 비슷한 기분에 사로잡혔던 기억이 난다.

물론 보내준 사람은 '좋은 일을 하자'는 선의에서

보내준 것이리라. 그 마음은 이해할 수 있었다. 하지만 솔직히 말해서 자기 집 안에 있는 '차마 버리기는 아까운 불필요한 물건'을 집어넣은 것 같다는 생각은 떨칠 수 없었다.

혹시 이 글을 읽고 마음이 좁다고, 경솔하게 말한다고 할지 모르겠다. 하지만 내가 경험한 일을 직접 겪어보지 않아서 잘 모를 수도 있다. 여러분 자신에게 닥친 일이라고 생각해주었으면 한다. 만약에 여러분이 이런 처지였다면 다 구겨진 티셔츠나 남이 입었던 속옷을 쉽게 몸에 걸칠 수 있을까?

곤경에 처한 사람에게 힘이 되어 주려는 태도는 아주 훌륭한 일이라고 생각한다. 하지만 도움의 손길을 건네고 싶다면 필요 없는 물건을 채워 넣기 전에 그것을 받는 사람이 어떤 기분일지 먼저 생각해봐야 하지 않을까? 그렇지 않으면 경우에 따라 그 행위 자체를 의심받거나 실례를 범할 수도 있다.

어중간한 선의는 때로 타인에게 상처를 준다.

그 시절 학교에서 돌아온 어느 날, 입을 옷이 없었던 나는 부모님에게 돈을 받아 한 아주머니가 홀로 운영하는 집 근처 작은 옷 가게에 가서 새 옷을 샀다. 다른 매장에 가면 더 좋은 옷을 살 수도 있었는데, 왜 나는 일면식도 없고 유행을 따라가는 것도 아닌 곳에서 옷을 산 걸까?

이유는 간단하다. 정신적으로 여유가 없었기 때문이다. 물론 속으로는 조금이라도 더 좋은 옷을 입고 싶었지만 생각이 거기까지 미치지 않았다. 일단 오늘 하루만이라도 버텨 보자는 생각밖에 없었다. 그래서 시대에 뒤떨어진 청바지와 무지 셔츠를 골랐을 것이다.

"힘들겠지만 이거 써."

옷 가게에서 사정을 설명해서인지 집에 돌아갈 때 주인 아주머니가 손수건 한 장을 건넸다. 가슴이 뭉클했다. 조금이라도 도움이 되었으면 하는 아주머니의 마음이 그 손수건에 고스란히 담겨 있는 것 같았기 때문이다. 진심으로 고마웠다. 어디서나 볼 수 있는 그 평범한 하얀 손수건을 그 이후 오랫동안 소중히 썼던 기억이 난다.

NO

괜한 자기과시욕은 필요 없다

능력 있는 매는 자기 발톱을 숨기는 법!

어느 분야에나 자기과시욕이 강한 사람이 있다. 게다가 그런 사람은 대개 목소리가 커서 어떻게든 눈에 띈다. 그래서 마치 사람들 사이에서 큰 영향력을 발휘하는 것처럼 보이기도 한다.

그들의 원동력 중 하나는 상승 지향 욕구라 할 수 있다. 상승 지향 욕구가 '더 나은 나'를 '더 나은 곳'으로 향하게 하려는 의식으로 연결되어 무의식중에 자기과시욕이 나오는 것이리라. 이것은 각자의 라이프 스타일 영역이라서 나로서는 딱히 부정할 생각도 없고, 그럴 권리도 없다고 생각한다. 종종 순수하게 그 힘 참 대단하다고 느낄 때도 있다.

물론 정도의 차이는 있어도 누구에게나 자기과시욕은 어느 정도 있을 것이다. 나에게도 분명 있다. 하지만 그렇다고 해서 자기과시욕이 강한 사람이 하는 행동을 그대로 할 생각은 없다. 지나친 자기과시욕은 갖고 싶지 않다.

그 이유 중 하나는 자기과시욕이 강한 사람의 마음 이면에는 큰 콤플렉스가 있는 것 같아서다. 이 또한 생각의 차이일 수 있는데, 다른 사람에게 보여주고 싶지 않은 부분이 있으니 자기과시욕이라는 방패 뒤에 몸을 숨기고, 기회가 생기면 자신을 크게 보이려고 한다는 생각이 든다.

어차피 다른 사람이 보기에는 그 사람의 영향력이 크든 작든, 힘이 있든 없든 상관없다. 그런데도 자기과시욕이 강한 사람은 '나는 이런 사람이라는 걸 알아주었으면 한다'는 듯 필요 이상으로 열심인 것처럼 보인다.

한때 "말한 것은 반드시 실행한다"는 뜻의 '유언

실행有言實行'이라는 말이 유행하기도 했다. 이런 말을 하는 사람의 속내는 무엇이었을까? 어쩌면 말로써 먼저 자기 자신을 고무시킨 후, 그것을 원동력으로 삼아 결과를 내보자는 것이 아니었을까?

참고로 내가 좋아하는 노래 가사에도 "나는 강하다. 내가 최고다"라고 자화자찬하는 랩이 있는데, 이 또한 자신은 더 강해지고 최고가 되겠다고 다짐하는 수단에 불과해 보인다. 다만 이것은 자기과시욕이 강한 사람과는 별개의 이야기다. 큰 소리로 자기를 과시하는 랩을 떠들어대는 래퍼가 멋있는 이유는 그것이 랩으로 표현되는 예술이기 때문이다. 자기과시욕이 강한 사람의 말이나 행동과는 의미에 있어 차원이 다르다.

개인적으로는 '유언실행'보다 '무언실행無言實行'이 더 멋있다고 느낀다. 생각나는 속담이 하나 있다.

"능력이 있는 매는 발톱을 숨긴다."

실력이 있는 사람은 함부로 자기 실력을 드러내

지 않는다는 뜻이다. 내가 어린 시절 처음 이 의미에 대해 배웠을 때, 왠지 매에게 강하게 공감했던 기억이 난다. 어린아이라서 말로 잘 표현할 수 없었지만 당시의 내가 매에게 어떤 여유로움을 느꼈음을 지금은 안다.

사람도 여유가 있어야 매력 있어 보인다. 그리고 그런 사람에게 자연히 사람이 모인다는 것을 우리 모두 알고 있다. 하지만 자기과시욕이 강한 사람은 자기를 과시하려는 목적이 크기 때문에 타인에 대한 배려심이 거의 없다.

앞서 말했듯이 이들은 목소리가 커서 겉으로는 설득력이 있어 보이지만 막상 자신의 생각을 거부당하면 그 일에 지나치게 마음을 쓰는 경향이 있다. 그런 일에 마음을 쓰기보다는 오히려 거부당한 상황에서도 웃음을 교환하는 아량을 보여야 하지 않을까 싶다.

적어도 나는 그런 선택을 하고 싶다. 그런데 진정

한 의미에서 '능력 있는 매'가 되는 일은 시간이 좀 더 걸릴 것 같다. 필요 이상으로 사납게 울어대지 않는 능력 있는 매가 되고 싶으니까.

NO

이것도 저것도 아닌 대책은 필요 없다

내면의 중심을 잡자

벌써 오래전 일이다. 일부러 지하철 여성 전용 차량에 타서 물의를 일으키고 그 상황을 촬영한 동영상을 유튜브에 올린 남성이 화제가 된 적이 있다. 이제 와서 왜 새삼스레 이 이야기를 하느냐 하면 이 문제의 배경에 요즘에도 적용할 만한 문제들이 얽혀 있는 것 같기 때문이다.

사실 지금도 이런 부류의 사람들이 있다. 사람들에게 눈살 찌푸릴 짓을 하고 그 반응을 동영상으로 찍어서 유튜브에 올리는 '민폐' 유튜버들 말이다. 이들은 누가 자신에게 문제를 지적하면 몇 가지 공통된 반응을 보이는 것 같다.

- 일단 덮어놓고 잘못이 없다고 고집을 부린다.
- 권리도 주장한다.
- 경찰이 잘못을 꾸짖으면 "이거 임의로 처리하는 거 아니에요?"라고 말한다('임의'라는 표현을 매우 좋아한다).

함부로 큰소리를 내고 고집을 부리고 권리를 주장하는 점이 너무도 유치하다. 그리고 '임의任意'라는 말을 남용한다. 임의로 처리하는 이상 강제력이 없으니 거들먹거리지 말라는 투다. 임의란, 정해진 기준 없이 자유로운 의사에 맡긴다는 뜻이어서 의미만 보자면 그들의 주장은 틀린 게 아닐지도 모른다. 그래도 일일이 그렇게 소란을 피우는 것 자체가 역시나 유치하고 꼴불견이다.

심리학자 에노모토 히로아키는 《엮이면 귀찮아지는 사람》이라는 책에서 이런 사람들을 향해 "억측이 심하고 사소한 일에도 소란을 피운다"고 표현하고 있다.

> 이런 사람들의 특징은 감정의 부침이 몹시 심하다는 것이다. 좋은 일이 있으면 기분이 하늘을 날아가고, 기분 나쁜 일이 있으면 금세 시무룩해진다. (중략) 보통 사람들은 좋은 일이 있어도, 기분 나쁜 일이 있어도 마음속 쿠션에 의해 충격이 누그러지므로 그렇게 극단적인 반응을 보이지 않는다. 그런데 이들은 마음속 쿠션이 없어서 충격을 잘 가라앉히지 못한다. 따라서 조그만 충격에도 크게 반응하고 감정적으로 변한다.

이 글에 나오는 '마음속 쿠션'이라는 표현을 '자신감'으로 바꾸면 그들의 본심이 보이는 것 같기도 하다. 즉 감정적으로 변하는 것은 자신감이 부족하다는 반증이다.

그런데 여성 전용 차량에서 난동을 피우던 사람들이 공통적으로 주장한 말이 있다. 여성 전용 차량 때문에 남성이 차별당한다는 것이다. 하지만 여성 전용 차량이 생겨 비차별의식을 느끼게 된 남성이 늘어났다면 또 몰라도, 뭐든 차별이라고 여기는 것 자체는 부자연스럽다. 만약에 진심으로 여성 전용 차량을 어떻게든 하고 싶다면 무엇보다 여성 전용 차량을 없애는 것이 목적이 되어야 할 것이다. 이 경우 협상할 대상은 철도회사지 여성 전용 차량에 탄 여성들이 아니다.

이런 의미에서 오히려 문제는 철도회사의 태도에 있다. 계속 고집을 부리는 그들이 주장하듯, 철도회사는 여성 전용 차량을 만들어놓고도 남성의 승차를 금지하지 않았기 때문이다.

사실 JR동일본 홈페이지에는 "여성 전용 차량은 초등학생 이하의 남자 어린이, 장애인과 그 보호자 남성도 이용할 수 있습니다"라고 쓰여 있다. 게이오전철 홈페이지에도 "여성 전용 차량은 여성 승객 외에 초등학생 이하 승객, 장애인 승객과 보호자도 승차할 수 있습니다"라고 쓰여 있다(2020년 11월 기준).

이 기준으로 하면 승차의 권리를 주장하는 사람들은 신체 건강한 남자 성인이라면 대체로 여성 전용 차량의 대상에서 제외된다. 하지만 더 정확히 말하면 각 철도회사는 여성 전용 차량에 남성이 타는 것을 금지하지는 않았다.

이렇게 된 원인은 사실은 여성만 태우고 싶지만 그렇게 하면 '차별'이라고 비난받을까 봐 강제력을 동원하지는 않는 애매한 태도를 취했기 때문이다. 그것이 결과적으로 '애초에 우리는 금지하지도 않았다'라며 사람들을 자극한 것이다.

진심으로 여성 전용 차량을 만들고 싶었다면 그렇게 애매한 조항은 떼어버리고 남성의 승차를 전면 금지했어야 했다. 개인적으로는 그게 옳다고 생각하진 않지만 비난 여론이 두려워서 여성 전용 차량을 어중간하게 운영할 생각이었다면 처음부터 하지 않는 편이 나았을 것이다.

아마 철도회사 측은 쓸데없는 분쟁을 일으키고 싶지 않았을 것이다. 하지만 '전면 금지'를 하지 않는 바람에 굳이 여성 전용 차량에 올라타 소란을 피우는 남성들이 등장하고 말았다. 분쟁을 일으키지 않으려다가 도리어 분쟁을 일으킨 것이다. 이거야말로 안일함의 전형이 아닐까? 그리고 이와 비슷한 일이 모난 돌 같은 직원을 공격하는 기업, 집단 따돌림을 감추려는 학교, 정부에 알아서 굽히는 언론 매체 등 곳곳에서 벌어지고 있다.

그러면 우리 인간은 왜 이처럼 이것도 저것도 아닌 안일한 대책을 만들어 혼란을 자처하는 걸까? 여기에는 '부족한 자신감'이 영향을 미치는 것 같다. 자신의 생각에 자신이 없으니 문제가 생기면 언제든 '그럼 없었던 일로 하지 뭐'라는 발상이 나오는 게 아닐까?

그렇게 생각하면 최종적으로는 어떤 가치관을 갖고 어떻게 인생을 살아야 하는가 하는 문제로 귀결된다는 생각도 든다. 그리고 무엇을 하든 중심을 단단히 잡고 자신을 굽히지 않는 범위 내에서 내면의 균형을 유지하는 노력이 중요한 것 같다.

NO

실패하지 않으려고 애쓸 필요 없다

처음인 사람의 실패는 당연하다

여러 웹 사이트에 글을 쓰다 보면 새롭게 사회인이 된 사람들의 고뇌를 발견할 때가 있다. 특히 2020년에는 코로나의 영향으로 입사하자마자 온라인으로 연수를 받아야 했던 신입사원들도 적지 않았을 것이다. 여느 때와 달리 누군가와 직접 만날 기회가 줄어서 불안을 느낀 사람도 많았으리라.

사회에 갓 나오면 누구나 불안과 염려를 느끼는 게 당연하다. 어디 그뿐이랴. 마음과 다르게 실패나 실수를 연달아 할 수 있다. 그러다 보니 답답한 마음을 온라인 커뮤니티에라도 털어놓으려 하는 것이다. 나 또한 예전에 하늘에 떠 있는 별만큼이나 실패를 많이 해서 그 기분을 잘 알고 있다. 하지만 실패를 해봐야 깨닫는 것도 있다.

사회에서는 학창 시절의 상식이 거의 통용되지 않는다. 출발 시점에서 "이렇게 해 봐. 저렇게 하지는 말고"라고 친절하게 가르쳐주는 사람도 없다. 선배와 상사에게 의존하기 전에 먼저 스스로 판단하고 행동하지 않으면 안 될 때도 많다. 이렇게 점점 어떻게 해야 좋을지 알지 못하게 되기 쉽다.

설상가상으로 너무 긴장한 탓에 '어떡하지?' 하고 우왕좌왕하다가 엉뚱한 행동을 하기도 한다. 그리고 보기 좋게 실패한다.

한번은 처음 회사에 들어가 인사하는 자리에서 꽤 부끄러웠던 적이 있다. 나로서는 패기 있게 인사한다는 것이 그만 지나치게 긴장한 나머지 마치 응원단처럼 버럭 소리를 질러버려 그 자리에 있던 직원 모두를 깜짝 놀라게 한 것이다. 아주 오래전 일인데도 당시만 떠올리면 얼굴이 화끈거린다.

이 이야기는 잠깐의 예이긴 하지만 회사로부터 돈을 받는 입장이 되면 착실하게 실적을 내야 한다고 애쓰기 십상이다. 그러다 실패나 실수를 반복하면 의기소침해지고 회사도 그만두고 싶어진다.

하지만 그건 지나친 생각이다. 신참에게 일을 시키고 돈을 주겠다고 채용한 시점에서 회사는 어느 정도는 신입사원의 실패를 각오했을 것이다. 회사 입장에서도 신입사원이 실패하는 건 전혀 이상한 일이 아니다. 그리고 그 밑바탕에는 '실패하지 않으면 배우지 못한다'는 의식도 깔려 있다.

자주 드는 비유인데, 아무리 운전시험에서 좋은 성적을 받아도 실제로 운전을 해보지 않으면 운전 기술을 익힐 수가 없다. 그리고 핸들을 손에 쥐면 믿을 건 자기 자신뿐이다. 불안하게 운전하다가 가슴이 철렁 내려앉는 일을 겪기도 하고 차체를 긁기도 하는 등 여러 시행착오를 거듭하면서 운전에 필요한 기술을 익히는 것이다.

내가 광고대리점 제작부서에서 일할 때는 경험이 거의 없는 신입사원도 일단 미팅에 참여하게 했다. '괜찮을까?'라는 불안감도 없지 않았지만 직접 현장에서 긴장하고 실패를 해봐야 실력이 늘기 때문이다. 그들에게 나의 바람이 전해졌는지는 의문이지만 여하튼 상사란 기본적으로 그 정도까지 생각한 뒤 부하직원에게 지시를 내린다. 설령 그 신입사원이 실패한다고 해도 회사가 쉽게 망하진 않는다. 상사가 회사와 자신, 신입사원 누구 하나 좋을 게 없는 그런 선택을 할 리가 없다.

클라이언트 측도 마찬가지로 상대가 신입사원이라고 하면 '앞으로 이 친구는 우리 회사를 위해 열심히 일해주겠구나'라고 따뜻한 눈으로 바라봐준다. 그래서 신입사원이 조금 실수를 해도 갑자기 상사에게 "계약 파기입니다!"라는 전화가 걸려올 일은 거의 없다. 분위기에 휩쓸려 눈치 없이 굴다가 클라이언트의 머리를 친다거나 하는 일이 벌어진다면 이야기는 또 달라지겠지만.

물론 업종에 따라 다르겠지만 기본적으로는 상사도 클라이언트도 '신입사원은 실패하는 게 당연하다', '신입이니까 말을 잘 못하는 게 당연하다', '다소 세상 돌아가는 걸 몰라도 용서해주자'고 생각한다. 그렇다고 그 호의에 기대어 함부로 굴어서도 안 되겠지만 적어도 '실패는 절대로 용납할 수 없다!'고 생각하며 긴장부터 할 필요는 없다.

긴장과 걱정의 연속으로 지칠 대로 지친 사회 초년생에게 하고 싶은 말은 이처럼 긴장하지 않아도 된다는 것이다. 엄격하고 심술궂어 보이는 상사나 선배도 아랫사람의 실패를 염두에 두고 그 뒤처리는 자신이 한다는 각오로 엄하게 지시를 내리는 것일 테니 말이다.

> 실패야말로 인간이 배울 절호의 기회입니다. 외려 실패를 해야 배울 수 있다고 생각합니다. (중략) 당연히 실패하기 전에 해야 할 일은 실행입니다. 행동을 해야 실패도 있는 것입니다. 해봐야 결과를 알 수 있습니다. 머리로만 생각하면 좋은 결과가 나올지, 나쁜 결과가 나올지 알 수가 없습니다.

전 애플 재팬 사장 야마모토 겐지도 《답을 찾지 않을 각오》라는 책에서 이렇게 말했다. 바꿔 말하면 '해본 사람이 승자, 실패한 사람이 승자'라는 뜻이다. 거듭 말하지만 실패는 경영하는 사람들이라면 늘 머릿속에 담아두고 있는 것이라 할 수 있다. 그러니 실패는 해보는 게 좋으며, 실패를 하지 않으려고 지나치게 애쓸 필요는 없다.

NO

얄팍한 자존심은 필요 없다

자존심이 강한 사람에 대하여

자존심이 강해 보이는 사람 주위에는 대체로 알 수 없는 긴장감이 감돈다. 아마도 자존심이 상하는 것을 극도로 싫어하거나 두려워하기 때문일 것이다. 상처받고 싶지 않아서 자기도 모르는 사이에 주변에 벽을 쌓는 것이다. 다만 그러면 필요 이상으로 다른 사람들에게 마음을 쓰게 되므로 자신에게 이롭다고는 할 수 없다.

주변에서 그런 사람을 많이 보았고 나 자신도 젊은 시절에는 그랬다. 자신감이 없는 것을 자존심으로 덮어서 감추었던 것이다.

그런데 내 경우에는 어느 시기부터 자존심에 대한 가치관이 크게 달라졌다. 스스로 자존심이 강하다고 말하는 사람은 마음이 여리다는 걸 알았기 때문이다.

내가 보아 온 자존심 강한 사람들은 무슨 수를 써서든 자신이 자존심이 강한 것을 알리려 한다는 공통점이 있었다. 아무도 건드리지 않았으면 하는 부분을 그런 식으로 단단히 방어하는 것이다. 누가 아픈 부분을 건드리면 그들은 유리처럼 섬세한 정체성이 흔들릴지도 모른다. 설상가상으로 그런 사람은 대개 마음이 약해서 자아가 균형을 잃고 붕괴될 가능성도 있다.

하지만 그것은 자존심이 아니라 자존심으로 가장한 '방패'라고 생각한다. 연약함을 감추고 자신을 지키고 싶어서 자존심이라는 방패에 의지하려는 것이다.

안타깝게도 대개의 경우 주변 사람들은 그 방패

가 약해서 쉽게 부서진다는 것을 다 알고 있다. 그래서 쓴웃음을 지으며 "그 사람은 자존심이 강해서 그래"라고들 하는 것이다. 바꿔 말하면 자존심을 강하게 유지해 자아를 지킨다고 생각하는 사람은 자신뿐이며 주변에서는 '마음 약한 사람'으로 통한다는 뜻이다.

나는 진정한 자존심이란 사실 그런 얄팍한 것이 아니라 더 고차원적인 자아로 이루어져 있다고 생각한다.

예를 들어 스스로 자존심이 강하다고 자부하는 사람이 누군가에게 무시를 당하면 어떻게 될까? 아마도 그는 벌컥 화를 내거나 깊은 상처를 받게 될 것이다. 무시를 당해서 자존심에 상처를 입었다고 생각하기 때문이다.

그렇다면 그는 정말로 자존심이 강한 것일까? 나는 그렇게 생각하지 않는다. 극단적인 생각인지는 모르지만 진정한 의미에서의 자존심 강한 사람이란 누군가에게 상상도 할 수 없는 대접을 받았다고 해도 여유롭게 웃어넘길 수 있는 사람이라고 생각한다. 물론 무시를 당하고 기분 좋을 사람은 없다. 다만 자신에게 정말로 자신이 있다면 결국에는 아무렇지도 않을 것이다. 이 정도의 여유를 갖고 있어야 진정으로 자존심이 강하다고 할 수 있을 듯하다.

진정한 의미에서의 자존심 강한 사람을 무시하는 것은 초합금으로 만든 로봇에 물총으로 맞서는 것이나 다름없다. 반면에 스스로 자존심이 강하다고 주장하는 사람을 무시하는 것은 방호복을 입지 않은 사람에게 로켓포를 마구 쏘아대는 것과 같다.

뭔가 불손한 대우를 받거나 매정한 소리를 듣고도 여유롭게 받아넘기지 못하면 그 사람은 진짜 자존심 강한 사람이 아니라는 말이다. 얄팍한 자존심은 버려야 십중팔구 몸도 마음도 가볍게 살아갈 수 있다.

중요해서 거듭 말하는데 자존심을 버리라는 게 아니라 얄팍한 자존심을 버리라는 말이다. 왜냐하면 그건 진정한 자존심이 아니기 때문이다. 진정한 자존심은 그렇게 유약하지 않고 누군가에게 비난을 받는다고 해서 동요하거나 흔들리지 않는다. 자신감이 있어야 자존심도 있는 법이다.

YES

어제와 같은 오늘을 사는 일은 필요하다

당연한 일상에 대한 고마움

젊은 시절의 나는 무슨 일을 해서 좋은 결과가 나와도 '아직 안 돼. 멀었어'라고만 생각했다. 내가 하는 일을 쉽게 납득하지 못했고 어떤 일에도 좀처럼 성취감을 느끼지 못했기 때문이다. 그래서 늘 오늘이 아무리 좋은 날이었다고 해도 '지금 정도로 만족할 수 없어. 다음에는 더 좋은 일이 많은 하루가 되도록 하자'라고 혼자 초조해했다. 하지만 일이 안 풀리는 날이 많고 그런 상태에 있는 내가 용납이 되지 않을 때면 나는 늘 무언가에 화가 난 사람 같았다.

아마도 자신감이 없어서 그랬을 것이다. 아니 자신감이야 지금도 없지만 그때는 더 심했다.

그러고 나서 20년이 훌쩍 지났다. 여전히 '아직 멀었다'고 생각하고 이 생각은 죽을 때까지 변하지 않을 것 같다. 그리고 그것이 산다는 것임을 겨우 깨달았는데, 이렇게 한참 지나서야 '아!' 하고 깨닫는 뒷북 인생이 바로 나인 셈이다.

그래서 인생에 관해 요즘 하게 된 생각은 아주 심플하다. 무엇보다 중요한 점은 어제와 같은 오늘을 보내는 것이라고 말이다. "그거야 당연하지"라고 말할지 모르지만 우리가 당연하게 여기는 것들을 돌아보면 여러 가지 소중한 것이 잘 보이게 된다.

나는 아침에 일어나서 가족에게 말을 걸고 커피를 마시며 신문을 읽는다. 컴퓨터를 켜고 받은 메일을 체크하고 SNS를 확인하고 되도록 일찍 일을 시작하고 아내와 둘이서 점심을 먹고 다시 일을 하고 피곤하다 싶으면 밖에 나가 자전거를 타고 밤에는 가족과 저녁을 먹고 반주를 하고 일찍 자리에 누워 잠깐 책을 읽는다. 졸리면 책을 덮고 잠들어 다음 날

아침에 다시 일찍 일어난다.

당연하면서도 소박하고 조용한 일상은 얼마나 소중한가! 나는 이 사실을 겨우 깨달은 것이다. 그래서 지금은 자신감을 갖고 내 수준에 맞게 사는 것이 가장 자연스럽고 가치 있는 일이라고 단언할 수 있다.

온라인 커뮤니티나 SNS를 보면 자신을 필요 이상으로 포장하려는 사람이 많다. 하지만 나는 소심한 사람이면서도 약간 깨어 있는 부분도 있어서 '필요 이상으로' 자신을 포장해 보이려는 사람을 보면 조금 당혹스럽다. 자신이 그렇게 해서 만족한다면 괜찮지만 내 눈에는 그렇게 보이지 않는다.

아직 하지도 않은 일을 서슴지 않고 공언하는 사람을 보면서도 비슷한 감정을 느낀다. 나는 예전에 "이걸 할 거야!"라고 인터넷상에서 주변에 알렸다가 도중에 그 일이 좌절되면서 체면이 말이 아니게 된 적이 있다. 그래서 그 이후로 일이 마무리될 때까지는 주변에 일절 알리지 않는다. 더 이상 체면이 상하는 일을 겪고 싶지 않기 때문이다.

어쨌거나 자신을 지나치게 포장하면 언젠가 반드시 가면이 벗겨져서 망신을 당하거나, 좌절하여 상처를 받게 된다. 그러니 있는 그대로 사는 것이 가장 좋지 않을까 싶다. 평범하게, 성실하게 어제와 같은 오늘을 살며 내일도 다시 성실하게 사는 것이다. 그런 반복적인 일상을 보내는 것이 무엇보다 중요하고 그렇게 할 수 있는 사람은 누구보다 강하다. 실패를 거듭한 후에 나는 그렇게 생각하게 되었다.

또 착실한 삶은 더없이 쾌적하다. 사람이라면 누구나 어떻게든 자극을 구하려 한다. 나 또한 과거에 끊임없이 자극을 구하면서도 막상 자극 속에 있으면 마음이 편치 않았다. 지금 생각하면 명백하게 무리였다. 그래서 마음이 안개 낀 듯이 답답하고 화가 났던 것이다.

하지만 필요 이상의 자극을 구하지 않고 지금 해

야 할 일을 착실히 하는 사람의 인생은 의미가 있다. 힘든 일이 있어도 그대로 받아들이고 다음에 무엇을 할지만을 생각하자. 그러면 다소의 고통도 극복할 수 있을 것이다.

물론 이건 나의 개인적인 생각이라서 털끝만큼도 강요할 생각은 없다. 다만 평범하고 성실하게 살아보니 정말로 좋았다. 그래서 만약에 어떻게 살아야 할지 몰라 방황하는 사람이 있다면 스스로를 포장하지 말고 자연스럽게, 성실하게 살아보라고 권하고 싶다.

YES

감사하는 마음은 필요하다

모든 문제가 해결될 것 같은 마법의 힘

누군가가 내게 살아가는 데 있어 중요한 게 뭐냐고 물으면 나는 '감사하는 마음'이라고 대답한다. 무슨 종교에 몸담은 사람의 대답처럼 들릴지도 모르지만 사실 나는 어떤 종교도 믿지 않는 사람이다. 그저 순수한 마음에서 지금의 내가 나로 살아갈 수 있는 이유가 감사하는 마음에 있다고 생각한다.

다만 철들면서 그렇게 생각하게 된 건 아니고, 나도 감사하는 마음을 갖게 된 지는 고작 10년 정도에 불과하다.

계기는 무엇이었을까? 그것은 영원히 계속될 거

라 생각했던 일상이 붕괴되면서부터였다.

아버지가 세상을 떠나고 어머니만 홀로 계시게 할 수 없어서 본가에 돌아와 집을 지은 것이 2007년의 일이다. 마흔다섯 살의 나이에 고액의 주택 융자를 받기가 망설여졌으나 여러 가지 사정도 있어서 과감히 결단을 내렸다.

그 무렵 이미 내 신변에 일과 관련하여 먹구름이 끼기 시작했다. 주 수입원이 되어주던 잡지가 차례로 휴간한 것이다.

'어, 지난달에는 이 잡지가 휴간하더니 이번 달은 이쪽이야?'

이런 생각이 들 정도로 내게서 빠른 속도로 일거리가 줄어들었다.

설상가상으로 이듬해 글로벌 금융 위기가 일어나면서 사태는 더욱 심각해졌다. 엄청난 속도로 일거리가 줄어들어 작은 웃음조차 나오지 않을 정도였다. 내 수입은 정말 큰 타격을 입었다.

숙면을 취하지 못한 채로 악몽에 시달리다 잠에서 깨는 상태가 일 년 정도 지속됐다. 늘 부정적인 생각이 머릿속을 채웠고, 태어나서 처음으로 '능동적인 죽음'을 생각해보기도 했다. 나는 꽤 태평한 성격이라서 자살은 생각해본 적이 없었는데, 그때만큼은 문득 '세상에서 사라지는 편이 여러 가지 의미에서 낫겠다'고 생각했다. 물론 그 이상은 생각하지 않았지만.

세상에는 머리가 비상하고 요령도 좋아서 어렵지 않게 돈을 버는 사람들이 있다. 그런 사람을 부러워한 적도 있었다. 하지만 나는 그들과 다르다. 처세에 능하지 못해서 먼 길을 돌아가야 할 때도 있지만 어쨌든 일을 차근차근 착실하게 해내는 부류다.

이 점을 누구보다 잘 알고 있어서 지금 할 수 있는 일, 해야 할 일만을 우직하게 바라보고 해왔다. 또 힘든 시기를 겪었기에 당장 눈앞에 놓인 일을 해치우면서 '지금 이 일을 하게 된 것에 감사하자'고 생각하게 되었다. 이것이 내가 감사하는 마음을 갖게 된 계기다. 감사하는 마음이 있으면 분명 어떻게든 상황은 나아질 거라고 믿는다.

초등학교 4학년 때 교통사고로 머리를 크게 다쳐 죽을 뻔한 적이 있다. 반년 후에나 학교에 돌아갔는데 정말로 힘들었던 건 그때부터였다. 머리가 이상해졌을지도 모른다며 어른 아이 할 것 없이 나를 편견의 시선으로 쳐다봤던 것이다.

만약 내가 아니라 같은 반 친구가 그런 상황이었다면 나도 그 아이를 이상한 눈으로 쳐다봤을지 모른다. 그래서 어쩔 수 없다고는 생각하면서도 현실적으로 열 살밖에 안 된 아이로서는 견디기 힘든 시련이었다. 따라서 얼굴은 웃고 있어도 늘 마음속 어딘가에서 내 인생은 이제 끝났고 그 사실을 받아들일 수밖에 없다고 생각했다. 눈에 보이는 것을 전부 나의 절망과 연결 지어 생각한 것이다.

그러던 어느 날 수업 중에 담임 선생님이 해주신 한마디가 한 줄기 희망이 되었다.

"그런 사고를 당하고도 이렇게 회복하다니. 네가 살아 있는 것에는 다 의미가 있단다. 네가 지금 여기 있는 이유는 앞으로 뭔가를 하기 위해서일 거야."

마음속으로 내 삶을 부정하고 있던 나에게 선생님의 이 말은 정말 충격 그 자체였다. '살아 있어도 괜찮다. 사는 건 다 의미가 있다'는 뜻이었으니까.

이런 영향 덕분인지 나는 지금도 살아 있는 것에 감사하고 앞으로 해야 할 일을 철저히 해내자고 늘 다짐한다. 감사하는 마음을 잊지 않되 만에 하나 그 마음을 잊게 된다면, 다시 말해 삶에 거만해진다면 그때는 끝장이라고 생각한다.

사실 그 말은 누구라도 할 수 있는 말이 아닐까 한다. 어떻게 태어나서 어떻게 살아왔든 살아 있는 이상 그 삶 자체에는 큰 의미가 있다. 그러니 절대로 감사하는 마음을 잊어서는 안 된다.

나 또한 지금도 이제는 안심해도 된다고 생각하지 않는다. 언제 또 무슨 일이 일어날지 모르기 때문이다. 하지만 그간의 경험에 비추어보면 무슨 일이 일어나더라도 오늘을 살며 지금 이 자리에 있다는 사실에 감사할 수만 있다면 모든 일이 끝내는 잘 풀릴 거라고 확신한다. 그렇게 일들이 잘 풀리기 위한 대전제로 여기고 앞으로도 쭉 감사하는 마음을 갖기로 했다.

멘탈의 군더더기를 없애기 위한

Not to do list!

1	이유 없이 공격적이거나 예민해지기	

지나친 예민함은 버리자. 내 상황이 말 못하게 힘들지라도.

2	어중간한 선의 베풀기	

어중간한 선의는 때때로 타인에게 상처가 된다. 선의는 반드시 상대방의 기분을 좋게 하는 것이어야 한다.

3	지나친 자기과시	

자기과시욕이 강한 사람은 타인에 대한 배려심이 별로 없다. 콤플렉스도 있어 보인다.

4	애매한 대책 세우기	

이것도 저것도 아닌 대책은 혼란만 일으킨다. 그런 대책을 만든 이유는 사실 문제 해결에 자신이 없어서는 아닌가?

5	절대 실패하지 않겠다는 생각	

실패는 해보는 게 좋다. 실패하지 않으면 배우는 것도 없으니까.

6	아무 때나 자존심 내세우기	

듣기 싫은 소리를 듣더라도 여유롭게 받아넘기자. 그렇지 못하면 그건 그냥 얄팍한 자존심일 뿐이다.

필요가 피로가 되지 않게

02

소통

내 말과 가치관이 부끄럽지 않으려면

NO

“하시게 해주세요”라는 말은 필요 없다

경어를 과도하게 쓰지 않기

이런 주제로는 한 번 지적하기 시작하면 끝이 없다. 더욱이 나 자신조차도 올바르게 표현하고 있는지 불안하다. 무슨 말인가 하면 “그거 좀 이상하지 않아?” 싶은 어떤 언어 표현에 관한 것이다.

우리가 곧잘 표현하는 말들 중에 거슬려서 참을 수 없는 것 중 하나가 과도하게 사용되는 경어다. 이는 다양한 곳에서 들을 수 있는데 그때마다 나는 “아무리 그래도 좀 심하지 않아?”라고 따져 묻고 싶어진다. 지나치게 경어를 사용하는 것은 아마도 실례를 범하지 말자는 생각이 폭주한 결과일 것이다. 하지만 도저히 귀에 거슬려서 참을 수가 없다.

요컨대 과도하게 경어를 사용하는 사람의 마음에는 '무례를 범할 바에야 차라리 예의가 지나친 게 낫다'는 생각이 깔려 있다. 대개의 경우 부자연스럽지만 말이다. 그중에서도 개인적으로 가장 귀에 거슬리는 것은 "~하시게 해주세요"라는 표현이다.

전에 한 젊은 편집자로부터 "책임지고 하시게 해주십시오!"라는 메일을 받고 조금 당황한 적이 있었다. 그는 나의 좋은 친구였고 패기 있는 모습이 보기 좋았다. 공손하고 싶다는 마음도 충분히 전해졌다. 다만 그 표현이 엉뚱한 방향으로 흘러가고 있다는 인상은 지울 수 없었다.

먼저 '하시게'라는 표현은 잘못된 표현으로, '하게'라고 바꿔야 옳은 표현이 된다. 더군다나 '하시게' 뒤에 '해주십시오'가 따라오면 더욱 무슨 말인지 한번에 알지 못하게 된다. 아마도 이 경우 간결하게 "책임지고 처리하겠습니다"라고 해도 충분하지 않을까?

이외에도 생활 속에서 자주 들리는 잘못된 경어

표현들이 있다. 그중 "주문하신 커피 나오셨습니다", "그 상품은 품절이세요"처럼 사람이 아닌 사물에도 '시'를 붙이는 경우가 많다. 이런 말들은 문법에도 맞지 않는 지나친 표현이다.

이렇게 한 문장에서 경어를 복수로 쓰거나 사물조차 존대하게 되면 그 불편함이 가중되고 품위가 없어지는 것 같다.

왜 이런 미묘한 표현이 늘어나는 것일까? 아마 사람들의 비난을 피하고 싶은 마음이 크기 때문인지도 모른다. 일단 경어를 쓰면 예의 없다는 비난을 받을 가능성은 줄기 때문이다.

비난을 받고 싶지 않다는 마음속을 파고들어보면 궁극적으로 '평온하게 지내고 싶은 마음'을 만나게 된다. 사람들은 대개 비난이나 욕을 먹지 않고 평온하게 살기를 바라기 때문이다. 평온하게 살고 싶다면 생각도 행동도 여유롭고 심플해야 한다. 괜히 더 잘 보이려고 꾸미는 대신 허례허식을 버려야 그만큼 사람들과 접할 기회가 늘고 상대방을 배려하는 마음을 키울 수 있을 테니 말이다.

그런데 경어를 과도하게 사용하는 것은 이와는 정반대 문제다. 과도하게 자기를 낮춰 문제를 피할 수 있다는 말은 바꿔 말하면 날아오는 화살을 피하기 위해 '지나친 경어'라는 두꺼운 갑옷을 껴입는 것이나 다름없다. 다시 말해 평온하게 살고 싶다는 바람이 지나치게 완곡하게 나타난 것이라 할 수 있다.

그처럼 무거운 것을 입고 평온하게 살 수 있을까? 차라리 벗어버리는 편이 낫지 않을까? 누군가와 대화를 나누거나 메시지를 남길 때도 되도록 단순한 표현을 쓰기로 마음먹어 보자. 사족을 붙이자면 작가 마루야 사이이치도 《일본어를 위하여》에서 "경어란 어렵다. 너무나도 어렵다"라고 썼다.

> 가령 역에서 기다리고 있으면 "아무개 씨가 오시게 되어서"라고 한다. 이럴 때는 역시 "오셔서"라

> 거나 "왕림해주셔서"라고 말했으면 한다. 또는 "아무개 씨가 이렇게 말하시게 되었습니다"라고 말할 때도 있다. 이때도 "말씀하셨습니다"라고 해야 할 것이다. 아무래도 최근의 경어는 샐러리맨 경어가 되어버린 듯, 매 순간 '되다', '될 수 있다'로 끝나는 경향이 있어 영 귀에 거슬리고 품위가 없다. 경어의 본래 목적은 듣기 좋고 품위 있으라고 하는 것이지, 인간관계에서 누가 윗사람이고 아랫사람인지를 노골적으로 드러내 보이기 위함이 아니라고 생각한다.

어느 시대나 지나치게 부자연스러운 경어에 위화감을 느끼는 것은 다르지 않은 모양이다.

NO

장문의 메일은 필요 없다

스크롤바를 올렸다 내리는 수고로움이 없도록

요즘 언택트 문화가 확산되면서 이전보다 메일을 쓰는 일이 더 많아졌을 것이다. 그런데 여기서는 '아주 긴 메일'을 보내는 사람에 관해 이야기해보고자 한다. 내 지인 중에 긴 메일을 보내는 여성 편집자가 있는데 그녀의 메일은 대개 다음과 같은 요소로 성립된다.

1. 인사, 계절 이야기, 자신의 근황
2. 상사에게 기획안을 보여주었더니 상사가 한 말
3. 상사의 의견에 대한 자신의 생각(자신의 생각이 통하지 않는 데서 오는 고뇌와 푸념)

4. "하지만 희망은 버리지 않겠습니다!" 식의 의사 표명
5. "그래서 말인데 이렇게 하면 어떨까요?"라는 제안(메일을 쓴 진짜 이유)
6. "그래도 기획안이 통과되지 않으면 정말로 유감일 것입니다. 하지만 포기하지 않겠습니다!" 식으로 일에 대한 의욕 호소
7. 정리
8. 마무리하는 말

글자 수는 1,000~1,500자 정도다. 1,500자라고 하면 200자 원고지 약 8장 분량으로 인터넷 뉴스 기사 세 편과 맞먹는 글자 수다. 이러니 메일을 받은 사람이 받은편지함에 들어가 그 메일을 읽으려면 몇 가지 벽을 넘어야 한다.

1. 많은 글자 수에 압도당한다.
2. 화면의 스크롤바를 몇 번이나 올렸다 내렸다 해야 한다.
3. 장문의 글을 읽으면서 머릿속으로 그 내용을 바로바로 요

약해야 한다.

4. 상대방이 정말로 전하려는 메시지를 알아채야 한다.

조금 사소해 보이지만 읽는 사람에게 이만큼의 에너지를 요구하는 것은 상당히 큰 문제다. 이 중 특히나 내 마음에 걸리는 것은 2번이다. 메시지가 장장 계속되는 이상 메일을 받은 사람은 필연적으로 화면을 넘어가는 글을 읽는 수고로움을 겪는다. 즉 화면의 스크롤바를 올리고 내리는 일이 생기는 것이다. '고작 그런 일'이라고 생각할지 모르지만 스크롤바를 올리고 내리는 일은 꽤나 번거로운 일이다.

또 막대한 글자 양은 시각적으로 읽는 사람을 압도한다. 읽으려고 하면 처음부터 '온통 글자로 가득하네……' 하고 은연중에 다소나마 주눅이 든다.

그런데 하염없이 계속 이어지는 메시지의 경우 내용 전체가 중요한 경우는 극히 드물다. 비즈니스 메일이면서도 때로는 개인적 의견과 푸념, 고민을 쓴 경우도 있다. 그럴 때, 메일을 받은 사람은 메일을 읽으면서 머릿속으로 필요 없는 부분을 알아서 배제하고 글을 퇴고하면서 읽어야 한다. 실제로 이는 몹시 피곤한 일이다. 메일 하나 읽을 때마다 상당한 노력을 들여야 하니 말이다.

참고로 이런 메일을 보내는 사람들에게는 한 가지 특징이 있다. 대체로 '성실하다'는 점이다. 성실하니까 '이건 반드시 알리고 싶다'는 마음이 앞서서 그 결과 장문의 메일을 보내는지도 모른다.

하지만 장문의 메일은 바쁜 상대방에게 잘 전해지지 않는다. 원래 바쁘게 일하는 사람은 장문의 메일을 읽을 시간이 없다.

게다가 상대방에게 '길게 메일을 쓰는 사람'이라는 인상을 심어주는 것은 위험하다. 괜히 이미지만 나빠지고, 전해야 하는 정보를 올바로 전달하지 못해 메일을 쓰는 사람도, 읽는 사람도 시간만 낭비하게 된다.

이처럼 장문의 메일에는 단점밖에 없다. 그걸 실감하고 있기에 나도 메일을 보낼 때 늘 주의하고, 화면의 스크롤바를 올렸다 내렸다 하지 않는 범위에서 글을 간결하게 끝맺는다. 이 작은 실천이 소통의 좋은 통로 역할을 한다.

NO

지나친 느낌표(!)는 필요 없다

문장부호의 적정선

언제부터인가 메일과 SNS에서 느낌표를 쓰는 일이 많아진 것 같다. 그걸 깨달은 건 오래전 업무 상대와 메일을 주고받았을 때였다. 그 사람의 배려에 "감사합니다. 왠지 죄송하네요"라고 답한 결과 "작가님이 사과하지 마세요!"라고 답장이 온 것이다.

순간 그 사람이 화가 난 줄 알고 깜짝 놀랐는데 다시 생각해보니 아무래도 화가 난 건 아닌 것 같았다. 상대방은 '사과할 필요 없습니다'라는 뜻을 전하고 싶었고 그런 자기 생각을 강조하기 위해 느낌표를 붙인 것뿐이었다.

이런 경험을 보면 이제 느낌표는 '강조'를 목적으로 쓰는 문장부호라는 생각이 든다. 그런데 여기서 뭔가 어색함을 느끼는 건 과연 나뿐일까? 느낌표는 원래 감탄하거나 놀랐을 때 쓰는 문장부호다. 그렇다면 역시 겸손이나 완곡함을 표현하기 위해 쓰는 건 좀 이상하다.

미국의 유명 작가이자 저널리스트인 댄 라이언스는 《천재들의 대참사》라는 책을 썼다. 〈뉴스위크〉에서 정리해고당한 저자가 스타트업 기업인 허브스팟HubSpot으로 전직한 후 그곳의 어처구니없는 모습을 폭로한 논픽션이다. 겉으로는 의식 있는 척하지만 속을 들여다보면 빈틈이 많은 IT 기업을 통렬하게 비꼬는 아주 재미있는 책인데 그 글 속에 느낌표와 관련한 또 하나의 인상적인 부분이 있다.

> 한심하기 짝이 없는 수많은 에피소드는 뭘 의미하는 것일까? 나는 잘 모르겠다. 그저 어안이 벙

벙할 뿐이다. 동시에 허브스팟 사람들의 높은 자기평가에도 감탄이 절로 나온다. 그들은 "최고야!"라는 말을 쉴 새 없이 내뱉었는데, 대개 자기 자신이나 서로를 표현하기 위해서다. "그거 대단한데!", "넌 정말 대단해!", "아니야, 나더러 대단하다니, 너야말로 대단해!"

의사소통을 할 때도 느낌표를 섞는다. 대개 이렇게 뭉뚱그려서!!! "홈런을 친 누군가!!!", "대단한 성과를 올린 사람!!!", "완벽한 팀플레이어!!!"에게 호들갑스럽게 칭찬하는 메일을 수시로 주고받는 것이다. 이런 메일을 참조 기능을 사용하여 부서 전원에게 보낸다. 받은 사람이 다시 답장을 보내기 위해 부서 전원을 참조해 "RE:" 버튼을 클릭한다. "해냈다!!!", "가자, 허브스팟, 가자!", "애슐리를 사장으로!!!"라는 메시지를 첨부해서.

느낌표는 어느 정도 허용해도 되는 걸까? 왠지 납득은 잘 가지 않는다.

느낌표 외에 또 하나 마음에 걸리는 것이 있다. 바로 물음표의 오용이다. 말할 것도 없이 물음표는 "~는 ~입니까?"라는 식으로 질문이나 의문을 표현하는 문장부호다. 소리 내어 말할 때 문장의 어미에서 억양을 올리는데, 문제는 종종 여기서 생긴다. 의문문도 무엇도 아닌 평서문의 어미에 물음표를 다는 사람이 온라인상에 아주 흔하다는 것이다. 이런 식이다.

"그래도 되는 거다?", "알고 있다?" 다시 말해 전하고 싶은 뉘앙스를 담으려고 물음표를 쓰고 있는 것이리라(아마도 무의식중에).

하지만 이러면 글이 좀 부자연스럽고 쓴 사람의 의도를 파악하기도 어렵다. 오해의 소지도 있다. 잔소리 같아 보여 좀 그렇지만 말이란 정말로 중요한 것이다. 말이 시대에 따라 변하는 것은 인정하지만 최소한의 원칙과 예의는 지켜야 하지 않나 싶다.

NO

수상한 온라인 커뮤니티는 필요 없다

모든 걸 감쪽같이 해결해주는 곳은 없다

일본에서는 회원제로 운영되는 일명 '온라인 살롱'이 새로운 비즈니스로 떠오르고 있다. 온라인 살롱은 운영자에게 매달 일정한 액수의 회비를 지불하고 어떤 스킬이나 이론을 배우거나 깊은 교류를 나누는 커뮤니티를 가리킨다. 저명인사가 운영하는 살롱일수록 사람이 많이 모이는 듯하다.

살롱에 참여함으로써 어떤 만족감을 얻을 수 있다면 거기에는 상응하는 가치가 있을 것이다. 회비를 내고 참여하는 공간이라 이상적인 소통을 할 수 있다는 점도 충분히 생각해볼 만하다.

그래서 딱히 부정할 생각은 없으나 현실적으로 들여다보면 잘 완성된 괜찮은 온라인 살롱은 아주 극소수에 불과하다. 그래서일까? 나는 왠지 그렇지 않은 다른 온라인 살롱들이 마음에 걸린다. 잠재능력을 계발시켜주겠다거나 자기계발을 도와주겠다고 홍보하는 세미나 혹은 짧은 시간에 쉽게 돈을 버는 고소득 아르바이트를 소개해주겠다는 업체와도 연결되어 있는 듯한, 뭐라 형용하기 어려운 수상한 냄새가 풍기는 것 같아서 말이다(처음에는 회비가 후원의 성격을 띠었으나 요즘에는 빈약한 콘텐츠를 가졌음에도 무조건 회비를 요구하는 곳이 많아져 비판의 목소리가 나온다).

배후에 누가 있고 어떻게 운영되고 있는지가 명료하지 않은 비즈니스는 오늘날까지 늘 있어 왔다. 냉정하게 생각하면 수상하기 짝이 없는 사람들의 말을 믿고 그 유혹에 빠진 사람들 이야기를 수도 없이 들었는데, 그때마다 인간이란 존재가 얼마나 유약한지를 충분히 느낄 수 있었다.

그렇다고 거기에 의지하고 매달리고 싶은 기분을 모르는 것은 아니다. 마음이 약해졌을 때나 궁지에 몰렸을 때는 누구라도 돈이 된다는 귀침 또는 이야기에 쉽게 현혹되기 때문이다. 정신이 무너져 있을 때라서 '어째 좀 수상하다' 싶어도 옅은 기대감으로 '에이, 괜찮겠지' 하고 의심스러워도 일단 덮어놓고 보는 것이다.

이렇게 말할 수 있는 것은 나 역시 정신 상태가 한계까지 내몰린 적이 있기 때문이다. 글로벌 금융 위기가 몰아치던 시절 수입이 급감해 앞날이 캄캄하던 시절에 말이다. 출구가 보이지 않아 정말 어떻게 해야 할지 몰랐는데 그때 누가 이런 식으로 내게 손을 내밀었더라면 수상한 사업에 연루되었을지도 모른다. 다행히 간신히 피했지만 당시 실제로 꽤나 수상쩍은 제안을 받은 적도 있다. 그래서 나도 모르게 온라인 살롱에 의심의 눈초리를 보내게 되는 것이다.

거듭 말하지만 모든 온라인 살롱이 수상하다는 말은 아니다. 하지만 개중에는 확실하지 않은 살롱도 존재하는 것이 사실이다. 게다가 실체도 실적도 없는 조직에서 다른 데서는 알 수 없는 유력한 정보를 유료로 받을 수 있다고 한들, 그걸로 인생이 술술 풀린다는 보장은 없다. 인생이 수렁에 빠졌을 때 모든 걸 감쪽같이 해결해줄 수단은 이 세상 어디에도 없기 때문이다. 온라인 살롱이든, 고소득 아르바이트든, 자기계발 세미나든 그게 무엇이든 간에 원하는 물건이 있으면 뚝딱 나오는 요술방망이처럼 돈과 성공을 쉽게 가져다주지 않는다. 그럴 때는 좀 더 확실하고 성실한 무언가를 찾는 편이 낫다. 쉽지 않은 길이겠지만 그것을 뛰어넘어야 진정한 의미에서 성장할 수 있을 테니 말이다.

> 사람은 누구나 명확한 목적과 목표를 마음속에 새기고 그것을 성취하고 달성하기 위해 노력해야 한다. 그리고 그 목표를 모든 생각의 중심에

> 두어야 한다. (중략) 삶의 중압감에 못 이겨 원대한 목표를 이룰 준비가 덜 되었다고 느끼는 사람이라면 일단은 아무리 사소하고 무의미하게 보이는 일일지라도 그것을 완벽하게 성취해내는 것에 생각을 집중한다. 이렇게 해야만 생각을 정리하고 집중할 수 있고 결단력이 생긴다. 그리고 머지않아 달성하지 못할 게 없어진다.

영국의 작가 제임스 알렌은 자기계발의 원류라고 일컬어지는 명저《원인과 결과의 법칙》에서 이렇게 말했다. 말하자면 온라인 살롱이 제시하는 '해답'이란 사실 자신의 내면에 있는 것이다. 그리고 그것은 착실하게 노력해야 얻는 힘인지도 모른다.

결국, 보기에 화려하지 않아도, 성과가 좀처럼 보이지 않아도 한발 한발 착실하게 노력을 계속해나가는 것이 최선이라고 생각한다. 시간은 걸릴지도 모르지만 그래야 거짓말을 하지 않고, 눈앞에서 손짓하는 군침 당기는 유혹에도 속아 넘어가지 않고, 할 수 있는 일을 성실하게 해내겠다는 자신감이 몸에 밸 테니 말이다. 적어도 나는 그게 가장 중요하다고 믿으며 살고 있다.

NO

"가방끈이 짧은 사람"이라는 표현은 필요 없다

시대착오적인 말이 만드는 불편함

수년 전에 아주 인상적인 사건이 있었다. 그 일을 떠올리면 지금도 여러 상념이 머릿속을 스친다.

어린 자녀를 키우는 사십 대로 보이는 여성 편집자로부터 모 대기업에서 새롭게 무료 신문을 창간하는데 서평을 써달라는 의뢰를 받았다. 근처 카페에서 만나 이야기를 들어보니 그 편집자는 원래부터 그 대기업에 다니던 사람인 듯했다. 현재는 독립해 아이를 키우면서 개인사업자로 자택에서 일을 하고 있다고 했다. 이처럼 일하는 것이 흔히 있는 일이고, 논리정연하게 이야기를 진행하는 모습을 보면서 일을 잘하는 여성이라고 생각했다. 내게 제안한 일도 크게 불만스러운 것은 없었으므로 나는 그 일을 기꺼이 받아들이기로 했다.

다만 딱 한 가지 마음에 걸리는 점이 있었다. 창간 신문의 방향에 대해 설명할 때, 그녀가 이런 말을 했던 것이다.

"이 매체의 독자층은 어린 나이에 일찍 사업을 시작한 열정적인 기업가들입니다. 대체로 학력이 낮고 공부를 못한 가방끈이 짧은 사람들이라는 거죠. 그래서 글의 내용이 너무 어려우면 잘 이해하지 못할 거예요. 어디까지나 알기 쉽게, 읽기 편하도록 접근하는 게 좋을 것 같습니다."

아닐지도 모르지만 "가방끈이 짧은 사람"이라는 말이 마음에 들었는지, 그 편집자는 한 시간이 좀 안 되게 미팅을 하는 동안 몇 번이나 그 표현을 반복해서 말했다.

그저 개인적인 성향인지, 혹은 편집부 내의 공통

적인 인식이었는지는 잘 모르겠다. 하지만 차별적이라고 말하지 못할 것도 없는 그런 표현을 신이 나서 연발하는 모습은 조금 이해하기 어려웠다. 어쩐지 시대착오적이라는 생각도 들었다.

적지 않게 거부감을 느꼈으므로 나는 "가방끈이 짧고 길고는 관계없다고 생각하는데요"라고 부드럽게 반론했다. 그런데 내 의도가 잘 전해지지 않은 듯 그 후에도 우리의 대화에는 중간중간 몇 번이나 "가방끈이 짧은 사람"이라는 표현이 불쑥불쑥 등장했다. 점점 내 노력이 허무하게 느껴져서 나중에는 긍정도 부정도 하지 않은 채 그쪽에서 하는 말을 그냥 듣기로 했다.

나는 사정이 있어서 대학을 두 번이나 중퇴한 사람이다. 그렇게 하지 않으면 달리 방법이 없었기 때문인데 다시 말하면 최종 학력이 고졸이라는 뜻이다. 그녀의 가치 기준에서 보자면 공부를 못한 인생이다. 다만 함께 일하는 사람들은 거의 모두 고학력자들이었으나 그들에게 내 학력으로 차별받은 적은 단 한 번도 없다. 안정감 있는 조직에서 일하는 그들을 보면서 '역시 대학은 졸업해 둘걸' 하고 생각한 적은 있었지만 그건 어디까지나 내 개인적인 문제다.

그건 그렇고 과거에는 흔했던 고학력주의도 이제 과거의 산물이 되어가는 것 같다. 학력보다 실력으로 평가받는 시대가 되었다는 뜻이다. 그런 만큼 "가방끈이 짧은 사람"이라는 말이 빈번히 나오는 설명을 듣고 있자니 왠지 타임머신을 타고 경제 거품이 한창이던 1980년대 후반으로 돌아간 기분이었다.

그 편집자는 이후 메일을 주고받으면서도 그 말을 연발했다. 하지만 더는 듣고 있기가 힘들어서 어느 날 답장에 "나도 가방끈이 짧은 사람"이라는 말을 슬쩍 집어넣어봤다. 남을 배려할 줄 아는 사람이라면 뭔가 눈치를 챌지도 모른다고 생각하고서 말이다. 하지만 안타깝게도 그녀는 내 마음을 전혀 눈치채지 못했다.

어쨌든 편집자가 그런 마음으로 만든 매체가 오래갈 리 없다. 내 예상은 빗나가지 않아서 한참 후에 '서평란이 폐지되었다'는 취지의 연락을 받았다. 더욱이 메일에는 "독자가 서평을 제대로 이해하지 못하는 것 같습니다"와 같은, '가방끈이 짧은 사람'이라는 뉘앙스의 문구가 덧붙여 있었다.

그 편집자는(어쩌면 그녀가 다니던 회사 자체도) 너무 낡은 사고방식에 매여 있었던 게 아닐까? 거듭 말하지만 이미 학력으로 사람의 가치를 결정하는 시대는 지났다. 진정한 실력을 묻는 시대에 낡아빠진 가치관에만 집착하면 시류에서 떨어져 나갈 뿐이다.

이제 더 이상 학력에 치중하는 가치관은 필요 없다. 언제까지나 그런 가치관에 머물러 있게 된다면 인생이 나아갈 자리를 더욱 잃게 되지 않을까 싶다.

YES

메모하는 습관은 필요하다

메모는 바로 나를 위해서 하는 것!

《케임브리지식 1분 절차술》의 저자 쓰카모토 료는 24시간 메모하는 습관을 권한다. 늘 호주머니에 메모장과 펜을 휴대하고 다니며 수시로 메모하라는 것이다.

> 평소에 데이터 수치나 궁금한 사항을 메모해두면 작성한 서류나 프레젠테이션 자료를 구상하는 데 필요한 글감을 모아둘 수 있습니다. 요리할 때도 마찬가지로 재료가 갖춰져 있으면 바로 행동으로 옮길 수 있지요.

메모는 어떤 일을 할 때 기본 자세라고들 한다. 인간은 아무래도 망각의 동물이라서 뭔가를 잊어버리기 전에 메모를 해놔야 한다. 하물며 삶의 여러 현장에서는 예기치 못한 사태가 벌어지기도 하니 두말할 필요가 없다. 이런 측면에서 메모를 하는 일은 아주 중요하다.

메모의 장점을 정리해보면 이렇다.

1. 나중에 수정할 수 있다.

2. 쓰다 보면 외워진다.

3. 증거가 남는다.

4. 마음이 편해진다.

먼저 1번. 써놓은 것을 나중에 다시 보면, 기억이 희미하거나 완전히 잊어버린 것을 보완할 수 있다. 2번은 중요한데 손가락을 움직여서 쓰면 몸이 기억하므로 쓰는 것이 외워지는 효과를 만들어내는 것이다. 3번은 기분 좋은 표현은 아니지만, 증거가 남으면 커뮤니케이션을 하다가 '말했네, 말하지 않았네' 하며 옥신각신하는 문제가 생겨도 바로 해결할 수 있다. 그리고 의외로 무시할 수 없는 사항이 4번이다. 당연한 말이지만 메모를 해서 증거나 어떤 사실이 남으면 역시나 마음이 편안해진다.

앞에서 소개한 책에서 저자가 생각하는 메모의 중요 포인트는 세 가지다.

1. 메모지에 빽빽하게 쓰지 않기

2. 양식에 구애받지 않고 자유롭게 쓰기

3. 다시 보는 시간을 확보하기

기본적으로 메모는 자신을 위해서 하는 것이다. 다른 사람에게 보여주려고 쓰는 게 아니니 남의 시선을 신경 쓰지 않고 쓰는 것이 중요하다는 말이다. 다시 볼 때 필요한 정보를 쉽게 꺼내 볼 수 있게, 여백을 충분히 두고 쓰는 것도 중요하다. 어쨌거나 메모를 보는 사람은 자신뿐이라서 세로로 쓰든, 가로로 쓰든, 낙서를 하든, 푸념을 줄줄이 늘어놓든 뭘 써도 상관없는 것이다. 어차피 다시 봤을 때 자기만 알아볼 수 있으면 되니까.

말은 이렇게 했어도 솔직하게 말하면 나는 메모를 잘하지 못한다. 나 자신을 돌아보면 메모를 효과적으로 활용할 거라고는 도저히 상상이 되지 않는다. 메모의 효능을 이론적으로는 알고 있지만 응용하지는 못하는, 이도 저도 아닌 상태다.

이유를 찾자면 글씨를 더럽게 못 쓰기 때문이다. 다시 보려고 해도 뭐라고 썼는지 통 알 수가 없어서 남은 메모를 보면 힘이 쭉 빠진다.

다만 그런 나에게도 실천할 수 있는 메모 활용법이 있다. 간단하다. 스마트폰 메모 기능을 이용하는 것이다. 기억하고 싶은 것, 잊으면 안 되는 것이 있으면 바로 메모 기능을 열어서 문장이나 단어, 키워드 등을 입력하면 끝이다. 어디까지나 '기록'이라서 긴 문장으로 쓸 필요도 없다. 집에 돌아와 시간이 있을 때 다시 보면 된다.

더욱이 이 방법이라면 악필을 고민할 필요도 없다. 그러니 쓰는 시간마저 아까우면 해당 노트나 자료를 스마트폰 카메라로 촬영하거나 관련 화면을 캡처해 남겨두기만 해도 효과적이다.

어떤 수단이라도 활용해서 필요한 내용을 기록하거나 남겨두는 일을 습관화해야 한다. 거기까지 할 수 있으면 일상 어디에서나 일의 효율은 물론이고 타인과의 소통에서도 효율을 확실히 높일 수 있을 것이다.

소통의 군더더기를 없애기 위한

Not to do list!

1	과도한 경어 사용

경어가 지나치면 말 자체가 이상해진다. 공손한 것도 좋지만 듣는 사람 입장에서는 귀에 거슬리고 부담스럽다.

2	긴 메일 쓰기

스크롤바를 올렸다 내리는 일은 그 자체로 꽤 번거롭다. 메일이 간결해야 소통도 잘 된다.

3	느낌표 남발하기

감탄이나 놀람을 표현할 때 외에 느낌표를 쓰게 되면 오해가 생길 수 있다. 특히 문자로 이야기를 주고받는 상황에서는 더더욱!

4	수상한 온라인 커뮤니티에 가입하기

마음이 약할 때는 작은 말에도 쉽게 현혹된다. 하지만 세상에 요술방망이는 없다는 점을 명심하자.

5	학력으로 사람을 평가하기

학력뿐 아니라 성별, 인종 등을 기준으로 사람을 평가하는 말은 하지 말자. 그렇게 말하는 사람의 인격만 평가 절하될 뿐이다.

필요가 피로가 되지 않게

03

생활 습관

생활을 망치는 군더더기 습관과 멀어지기

NO

스마트폰을 끼고 살 필요 없다

'사고 정지 상태'에서 벗어나기

어디를 가든 주위를 둘러보면 많은 사람들이 목을 쭉 빼고 스마트폰 화면을 들여다보고 있다. 나도 별반 다르지 않지만 냉정하게 생각하면 참 기묘한 광경이다.

두려운 점은 스마트폰을 보고 있노라면 나도 모르게 '사고 정지 상태'에 빠진다는 것이다. 가령 뉴스 앱을 확인할 때는 자극적인 기사 제목들이 늘어선 페이지를 따라 아주 흥미로운 기사를 클릭하게 되는데, 이때 적잖이 사고 정지 상태가 된다.

•

마치 내가 앱에서 필요한 정보를 직접 고르는 것

처럼 보이지만, 실은 제시된 기사들 중에서 별생각 없이 보이는 대로 선택한 것에 불과하다. 내가 의식하지 못하는 사이에 주체성을 잃는 것이다. 정보가 필요해서 스마트폰을 계속 보는 건 몰라도 이렇게 사고가 멈추는 정도로까지 볼 이유는 없다.

더욱 두려운 점은 사고 정지 상태가 습관이 되는 것이다. 겉으로 볼 때는 뭔가를 생각하는 것 같아도 실제로는 아무 생각도 하지 않고 머릿속에서 계속 헛바퀴만 도는 식이다. 아무리 생각해도 이것은 건설적이지 못하고 건강하지 않은 상태다. 적절한 타이밍에 의식적으로 이 사고 정지 상태를 극복하지 않으면 상황은 점점 악화될 수도 있다.

그래서 뭐라도 해야겠다고 생각한 결과, 두 가지 아이디어를 생각해냈다.

첫째는 사용할 때 외에는 스마트폰을 비행기 모드로 해두는 것이다. 알다시피 비행기 모드란 통화,

와이파이, 블루투스, GPS 등을 꺼서 비행기에 타고 있을 때 악영향을 끼칠 수 있는 전파를 차단하는 기능이다. 그래서 비행기 모드에서는 전화도 메일도 인터넷도 사용하지 못한다. 회의 시간이라면 전화를 받을 수 없을 것이다.

서류를 작성할 때도 스마트폰을 보지 않아야 집중이 더 잘 된다. 하루 중에 스마트폰이 없어도 괜찮은 시간이 있다면 비행기 모드로 해두자. 스마트폰을 보지 않아도 생활하는 데 별 문제가 없다는 사실을 실감할 수 있을 것이다. 그리고 할 일이 끝나면 비행기 모드를 해제하고 그사이에 받은 정보를 확인해 거기에 대응하면 된다. 이렇게만 해도 일상생활을 꽤나 스마트하게 보낼 수 있다.

둘째는 스마트폰 앱을 휴지통에 버리는 것이다. 전 구글 수석디자이너 제이크 냅이 쓴《메이크 타임》에 나오는 아이디어인데 저자는 앱을 버린 스마트폰을 "주의를 산만하게 하는 방해꾼이 없는 아이폰"이라고 부른다. 스마트폰을 주의가 분산되지 않는 상태로 만들어놓는다는 것이다. 순서는 다음과 같다.

1. 페이스북, 인스타그램, 트위터 같은 SNS 앱을 삭제한다.
2. 지치지 않고 새로운 내용을 알려주는 정보 앱을 삭제한다 (제이크 냅은 이것을 '인피니티 풀infinity pool'이라고 부른다).
3. 메일 계정을 삭제한다.
4. 웹 브라우저를 삭제한다.
5. 그 외 나머지는 남긴다.

평소 빈번하게 사용하던 앱을 삭제하면 처음에는 조금 불안할지도 모른다. 하지만 필요해지면 나중에 다시 다운로드하면 된다. 메일 계정도 마음이 바뀌었을 때를 대비해 필요한 정보를 기록해둔다. 단, 갑자기 이 모든 걸 실행하기란 현실적으로 어려울지 모른다. 나도 일단 몇 가지만 실천하고 있다.

어쨌든 다운로드만 해놓고 사용하지 않는 앱을

정기적으로 지우고, 이렇게 하는 김에 있는 게 당연하다고 여겼던 앱도 다시 돌아보고 적극적으로 삭제해본다. 이 정도만 해도 홀가분한 기분이 들 것이다.

다시 말해 '삭제'를 실행에 옮김으로써 얼마나 많은 스마트폰의 기능과 앱에 우리의 하루가 얽매여 있었는지를 다시 한번 실감할 수 있다.

NO

책을 사놓을 필요 없다

사놓고 찾지도 못하는 책은 낭비일 뿐!

내 이름 앞에는 '서평가'라는 직함이 달려 있다. 두렵게도 매일 원고 마감이 있어서 하루에 한두 권의 책을 읽지 않으면 바로 마감이 펑크가 난다. '지금 틀어지면 모든 게 끝장이야'라고 늘 생각하고 있으므로 그야말로 외줄타기를 하는 심정이다.

당연히 매일 글을 쓰기 때문에 읽어야 할 책도 눈덩이처럼 불어난다. 일이다 보니 신간은 아마존이나 서점에서 꼼꼼하게 체크하고, 일 외에 개인적으로 읽고 싶은 책도 많이 사놓는다. 또 술자리에서 화제에 오른 책은 그 자리에서 바로 사려고 한다(몰랐던 책을 알 수 있는 기회라서 내게는 아주 중요하다). 그뿐만 아니라 여러 출판사에서 자료가 될 견본 도서를 거의 매일 보내준다. 따라서 필연적으로 한 달에 50~100권 정도의 책을 정기적으로 받는다.

학창 시절부터 책에 둘러싸인 삶을 동경해왔다. 잡지에서 저명한 인사의 서재를 보면 멋지다고 느꼈다. 다만 정신을 차려보니 어느 틈엔가 정반대의 생각도 싹트고 있었다. 취미로 조금씩 모으는 고서 등은 그렇다 치고 이제 읽지 않을 책이라면 갖고 있을 의미가 없다고 생각하게 된 것이다.

물론 정말로 마음에 들어서 간직하고 싶은 책까지 처분할 생각은 없다. 하지만 경험에서 말하자면 정말로 마음에 든다고 생각되는 책은 100권 중 몇 권 정도다. 대개의 책은 갖고 있다고 한들 다시 읽을 가능성이 낮다. 소설 같은 경우는 사람마다 다를지도 모르지만 정말로 좋아하는 책, 곁에 두고 싶은 책이 아닌 이상 같은 소설을 읽는 일은 거의 없을 것 같다. 게다가 나는 개인적으로 책을 쌓아두기만 하는 라이프 스타일에는 별다른 매력을 느끼지 못한다. 물론 내게도 책상에 쌓아놓은 책 더미를 흐뭇하게 바라보던 시절이 있었지만 그런 경험을 거치면서 언제부턴가 쌓아두는 게 의미 없다는 결론에 도달했다.

책을 많이 보관하기 시작하면 필요할 때 바로 찾아낼 수 있는 능력이 요구된다. 필요해서 보관하는 것이라면 필요할 때 바로 꺼낼 수 있어야 하는 건 당연하다. 그런데 쌓아둔 상태에서는 책을 찾기가 곤란해진다. 아니 곤란한 정도가 아니라 무리다. 이따금 여기저기 찾다가 결국 찾지 못해서 그냥 다시 살 때도 있다. 이거야말로 정말 낭비다.

책에 둘러싸인 생활을 계속하다 보니 어느 날을 경계로 변화하기 시작했다. 나는 스스로도 기본적으로 덤벙거리고 칠칠치 못한 부류라고 생각하는데, 정신을 차려보니 어느 정도 정리된 공간이 아니면 생활하기 어려운 사람이었다. 이 점을 일단 자각하고 나자 '필요 없는 물건은 눈에 보이지 않게 없애고 싶다'는 마음이 점점 커졌다.

책을 소유할 때는 알아둬야 할 게 있다. 다 읽었으니 별생각 없이 책장에 꽂아두는 책의 태반은 바로 다시 사게 될 수 있다. 내 경험을 보면 나중에 필요해지는 경우는 극히 드물어서 일 년에 한 번 될까 말까 한다. 만약 다시 사야 할 때가 생긴다면 온라인 중고서점에서 제법 상태가 괜찮은 헌책을 저렴한 가격에 구할 수 있다.

오늘날은 반드시 책을 간직하지 않아도 되는 시대다. 취미로 희귀한 고서를 수집하는 콜렉터야 논외로 치고, 수집할 생각이 없다면 굳이 집에 놔둘 필요가 없다. 그 대신 생활공간을 깔끔하게 정리해놓고 책이 필요해지면 다시 구하면 된다. 현실적으로는 그래야 쾌적하게 살 수 있다고 생각하는데 여러분의 생각은 어떤가?

NO

더더욱 책을 사놓을 필요 없다

물건은 언젠가는 사라진다

앞글에 이어 내가 왜 책을 소유하지 않아도 된다고 생각하는지를 더 설명하고자 한다. 왜냐하면 물건이란 언젠가는 사라진다는 사실을 크게 실감한 사건이 있었기 때문이다.

오래전 돌아가신 아버지가 책을 만드는 편집자여서 철들 무렵부터 집 안에는 책이 넘쳐났다. 거실 한 벽면이 책장으로 뒤덮였고 맞은편 벽에도 책이 산더미처럼 쌓여 있었다. 복도, 창고, 현관 곳곳이 책으로 가득했다. 그래서 발 디딜 곳이 없을 정도로 복잡했는데 그때는 그런 생활이 일상이라 별로 불편하지 않았다.

그런데 고등학교 2학년 가을에 상황이 크게 바뀌었다. 할머니가 불을 부주의하게 다룬 바람에 집이 홀랑 타버린 것이다.

그날 인상적이었던 일 중 하나는 2층을 다 태운 불이 계단 아래로까지 번지지 않은 것이다. 본래 불은 위로 올라가는 성질이 있어서 아래가 타다 남아도 이상하지 않은 상황이긴 했으나 엄청난 기세로 타오른 불이 1층까지 번지지 않았던 이유는 하나 더 있었다. 바로 계단 끄트머리에 쌓여 있던 책 더미 때문이었다. 종이로 만들어져 잘 탈 것 같았던 책이 쌓이면서 두꺼운 벽 상태가 되어 방화벽 역할을 단단히 한 것이다. 만약 화재가 나지 않았더라면 책 더미에 그런 힘이 있는지 절대로 알지 못했을 것이다.

덕분에 1층에 있던 책은 타지 않았다. 그런 의미에서는 불행 중 다행이라고 할 수 있겠지만 안타깝게도 그렇게 말할 수는 없었다. 타다 남았다고는 하지만 불을 끄는 동안에 책 태반이 물에 흠뻑 젖어 그 가치를 잃었기 때문이다. 집 안에는 페이지를 넘길 수조차 없는 착 달라붙은 종이 덩어리만 대량으로 남았다.

아버지가 돌아가시고 나서는 족히 수천 권은 되는 책을 헌책방에 넘겼는데, 당연히 값은 얼마 쳐주지 않았다. 헌책으로 돈을 벌겠다는 생각은 없었기에 딱히 아쉽지는 않았지만.

한편 나는 중학교 3학년 봄방학부터 아르바이트를 했는데 그건 강렬한 물욕을 채우기 위해서였다. 기타도 갖고 싶었고, 사고 싶은 레코드도 잔뜩 있었고, 명품까지는 아니어도 옷도 사고 싶었고……. 내 물욕은 그칠 줄 몰라서 좌우지간 보이는 족족 사서 모았다. 나와 비슷한 사람이 적지 않을 텐데, 나는 물건이 늘어나면 정신적으로 풍요로워지는 듯한 착각에 빠지곤 했다.

그런데 이 모든 것이 아무런 징조도 없이 눈앞에서 홀연히 사라진 것이다. 불타버린 방 한구석에서 새까만 숯이 된 기타의 형체를 발견했을 때의 절망감이란! 지금도 그 광경을 잊을 수가 없다. 그리고 그 무렵 경험에 근거한 절대적인 가치관이 나도 모르게 마음속에 뿌리내렸다.

'물건은 언젠가는 사라진다.'

반드시 없어진다고는 할 수 없겠지만 그럴 가능성이 크다는 사실을 어린 시절의 화재로 뼈저리게 깨달았다.

NO

물욕은 필요 없다

필요 없는 물건을 처분하는 기쁨

화재를 겪고 나자 마음속에서 일그러진 생각들이 돋아났다. 소중한 물건을 전부 잃어버린 반작용으로 '소중한 물건들을 잃어버리고 이대로 포기하면 평생 후회할 거야. 잃어버린 물건들을 되찾자!'라는 강렬한 물욕이 싹튼 것이다. 그리고 이 물욕은 다시 깨닫기 전까지 이후 수십 년에 걸쳐 계속됐다.

특히 심했던 것은 레코드에 대한 집착이었다. 초등학교 고학년이 되면서 듣고 싶은 음악을 들을 수 없는 상황에서 벗어나고 싶었다. 그런데 여기에 화재로 인한 상실감까지 겹치면서 돈이 생기는 대로 레코드를 사들였다.

디자인 회사에 근무하던 시절에는 일을 마치면 대형 레코드점을 매일 들락거리며 레코드를 사들였다. 그 바람에 다음 달 신용카드 지불액이 엄청 나오기도 했다.

1990년대에는 일주일에 두세 번, 시부야의 우다가와 쵸에 가서 새 음반을 구입했고 중고 음반도 가득 사들였다. 사고 나면 만족감으로 충만해 거의 듣지도 않았다(이 무슨 낭비인가).

그런데도 구매욕은 그칠 줄 모르고 점점 더 심해졌다. 나는 차츰 본래의 목적을 잃어 갔다. 사놓은 레코드를 듣지 않은 걸 보면 짐작하겠지만 사들이는 것 자체가 목적이 된 것이다. 어디 그뿐인가. 책들도 양이 점점 불어났다.

서재로 쓰던 다다미 여섯 장 크기의 방은 레코드와 CD와 책으로 가득 찼다. 그렇게 사들이고 나서 알게 되었는데, 물건으로 넘쳐나던 방은 조금도 쾌적하지 않았다. 먼지가 쌓이고 청소도 하기 힘들었다. 그 결과 어느 틈에 내 공간이 좁아지고 경제적으로도 위태로워져서 큰마음 먹고 짐을 줄이기로 했다.

레코드와 CD를 각각 8천 장 정도, 책도 상당수를 팔았다. 손에 쥔 돈은 얼마 안 되었는데, 그래서 더욱 '수집이란 이런 정도밖에 안 되는구나'라는 생각이 들었다.

가지고 있는 것을 전부 처분하라는 소리는 아니다. 사람에게는 저마다 남겨두어야 할 것도 있다. 내 경우에는 레코드였다. CD는 전혀 미련이 없었는데 레코드는 달랐다. 많이 좋아했다. 논리로 말할 수 있는 문제가 아니었다.

그래서 처분한 레코드를 다시 사들이기도 했다. 한심한 이야기지만 만약 그때 한번 크게 처분하지 않았더라면 지금도 여전히 목적도 없이 이것저것 사들였을지도 모른다.

요즘에는 편식하듯이 좋아하는 것만 모으고 남겨두려 한다. 레코드와 약간의 책 정도만. 정말로 그 정도다. 불균형적이라고 생각할지 모르지만 그런 불균형적인 존재가 나다. 누구나 그렇게 유독 마음이 더 가는 것이 있기 마련이다. 그리고 어쩌면 인간은 그런 불균형이 딱 좋은 상태인지도 모른다.

이렇게 생각하면 방을 물건으로 채워봤자 아무런 의미가 없다는 점을 알 수 있다. 과거에 물욕의 파도 속에서 자아를 잃은 경험이 있어서 감히 하는 말이다. 물욕이란 결코 필요하지 않다고 말이다. 미니멀리스트가 되어야 한다고 주장하고 싶은 건 아니다. 과도한 미니멀리즘은 인간을 도리어 숨 막히게 한다고 생각하니까. 다만 나에게 필요하지 않은 것이 뭔지 확인하고 그걸 하나씩 처분해보면 물욕이 얼마나 무의미한지를 알게 될 것이다.

> 가 급격하게 줄어들고 있는 시대, 사람들은 자신의 욕망을 재확인하게 될 것입니다.

스가쓰케 마사노부의 《물욕 없는 세계》에서 이 구절을 본 순간, 마치 나에게 하는 말처럼 느껴졌다. 그리고 이 말은 나 말고도 현대를 사는 모든 사람에게 해당한다고 생각한다.

NO

싸니까 산다는 생각은 필요 없다

가격만 보지 말고, 얼마나 잘 쓸지를 생각하자

어느 날 외출한 곳에서 뜻밖에 비를 만났다. 큰비는 아니었으나 우산이 없으면 신경 쓰이는 양이라서 편의점에서 비닐우산을 샀다. 집에 돌아왔더니 "또 샀어?"라고 아내가 핀잔을 주었다. 비가 오는 날마다 우산꽂이에 비닐우산이 늘어나니 당연히 그런 소리를 할 만하다.

담배를 피우던 시절 내 방에는 쓰지 않는 싸구려 라이터가 비닐봉지에 수십 개나 들어 있었다. 방 안에 라이터가 점점 늘어나자 아예 한곳에 모아둔 것이다. 처가에 갈 때마다 라이터를 하나씩 들고 갔던 것 같은데, 지금 생각하면 민폐도 그런 민폐가 없다.

갑자기 이런 이야기를 꺼낸 데는 작은 이유가 있다. 우리 일상에는 나의 비닐우산과 라이터로 대표되는 낭비가 의외로 많다. 그 좋은 예가 '100엔 숍'에서 팔리는 상품이다. 어쨌든 100엔이라서 '잘못 사도 아깝지 않다'고 생각하며 이것저것 사게 된다. 다만 웬만한 쇼핑 고수가 아니라면 그렇게 해서 산 물건을 얼마나 효과적으로 활용할까 싶다. 사긴 했는데 쓰지는 않았거나, 쓰긴 했는데 바로 고장 났다는 사례도 많으니 말이다.

100엔 숍에 가면 누구나 즐거울 게 틀림없다. 하지만 나는 목적도 없이 매장 안을 돌아다니며 재미있어 보이는 물건을 찾아내는 그곳이 낯설기만 하다. 타고나길 그렇다. 목적이 있을 때만 가서 사다 보니 스스로도 재미없는 성격이라고 생각한다. 필요할 때만 가서 사는데도 뭔가를 산 후 결과적으로 '괜히 샀어. 낭비야'라고 생각한 적이 한두 번이 아니다.

사려고 한 물건이 아니면 되도록 사지 않는 나조

차 이런데 신기하고 재미있어 보이는 물건을 사는 습관을 가진 사람이라면 쓸데없이 사서 낭비하는 물건이 늘어나기 쉬울 것이다. 목적이 있든 없든 낭비는 역시나 낭비다.

이렇게 생각하면 결국 '필요 없는 물건을 산 게 잘못'이라는 결론에 도달하게 된다. 다시 말해 비닐우산이든, 싸구려 라이터든, 100엔숍 상품이든 싸다고 사들인 것들이 결국엔 필요 없는 물건이 될 가능성이 아주 높다.

그렇다면 설령 정말 싼 물건일지라도 '이게 정말 필요한 것일까?'라고 곰곰이 생각하고 사야 하지 않을까? 인색함과는 별개의 문제라고 생각한다. 이렇게 해야 생활하면서 생기는 불필요한 쓰레기를 없애고, 나아가서는 분명 환경에도 좋은 기여를 할 수 있기 때문이다.

한편 저렴한 상품을 사서 효과적으로 활용하는

사람들도 있다. 특히 요즘 젊은 층은 시류에 따라 우르르 명품 같은 것을 따라 사기보다는 어떻게 하면 즐겁게 쓸 수 있을지를 생각하며 값싸면서도 동시에 예쁜 물건을 사려는 경향이 있다. 내 딸과 그 친구들만 봐도 화장품이나 잡화를 살 때 싸고 예쁜 것을 기준으로 물건을 산다. 나는 이런 모습이 아주 바람직하다고 생각한다.

다시 말해 저렴한 물건이라도 막 쓰는 게 아니라 잘 쓰는 것이 핵심이다. 그러니 즐겁게 쓸 수 있을지, 잘 쓸 수 있을지를 생각하고 물건을 사는 습관을 들이면 좋을 것 같다. 그렇게만 해도 낭비를 꽤 줄일 수 있을 것이다.

NO

밤낮으로 마시는 습관은 필요 없다

세상엔 술보다 좋은 게 많다

며칠 전 오래 알고 지낸 편집자와 술을 마셨다. 그는 정종과 유명 술집에 일가견이 있는 터라 일주일에도 몇 번씩 매력적인 술집 사진을 페이스북에 올린다. 그만큼 알아주는 주당이었는데 그날은 의외의 말을 했다.

나: 술을 그렇게 많이 마시는데 간이 쉬는 날도 있어야죠.

편집자: 아, 저는 원래 집에서는 술을 안 마셔요.

나: 네?

편집자: 일 문제로 마시기도 하니까 일주일에 두세 번은 밖에서 술을 마시는데요. 그런 날은 많이 마시지만 그

건 밖에서의 얘기고, 집에는 아예 술을 갖다 놓질 않아요.

워낙에 술을 잘 마시는 사람이라서 당연히 집에도 술병을 잔뜩 쟁여놨을 거라고 생각했다. 그런데 집에서는 탄산수와 토마토 주스만 마신다는 것이다. '과연!' 하고 감탄했는데, 그래서인지 "작가님도 집에서는 과음하지 않도록 조심하는 게 좋아요"라는 말이 어느 때보다 마음속에 깊이 울렸다.

나도 외부 술자리에서 몇 번이나 업무상 이야기를 마무리했던 적이 있어서 술이 친목과 교류를 두텁게 다지는 일에 어느 정도 역할을 한다고 믿는다. 다만 얼마 전까지 내 문제는 '혼술'에 있었다. 집이라고 생각하니 마음이 편해져 나도 모르게 끝도 없이 마셔댔기 때문이다.

저녁식사 때는 대개 반주를 한다. 거기서 그치면 좋을 텐데, 식후에도 와인 병을 몰래 서재로 들고 가서 계속 홀짝홀짝 마셨다. 게다가 가족의 눈을 피해 마시다 보니 제어해줄 사람이 없어 한 번 마시면 잠들기 전까지 줄곧 마셨다.

이래서는 안 되겠다 싶어서 일주일에 이틀은 간을 위해 술을 마시지 않기로 몇 번인가 다짐도 했다. 하지만 그것도 여의치 않아서 포기했다가 그의 조언을 계기로 술을 줄이기로 결심했다. 식후에 와인 병을 서재에 들고 가는 대신에 탄산수를 마시기로 한 것이다.

그리 대단한 아이디어는 아니었으나 놀랍게도 계획은 성공했다. 서재에서는 술을 마시지 않게 되었고 식후의 탄산수를 제법 즐기게 되었다. 한 번 마시면 인사불성이 될 때까지 마시던 내가 설마 탄산수를 마시고 취할 줄이야.

덕분에 술을 안 마시는 날이 늘었다. 그때까지는 마음속 어딘가에 술을 마시지 않으면 견딜 수가 없다는 생각이 늘 있었다. 하지만 그런 생각은 마시고 싶다는 마음을 정당화하기 위한 구실에 불과하다는 걸 겨우 깨달았다. 이제는 마시지 않아도 괜찮다 싶은 날에는 술을 마시지 않고 있다.

술을 마시는 양도 눈에 띄게 줄었다. 이전에는 350밀리리터 맥주 캔을 하나 마시고 나서 레드와인 한 병을 비운 적도 있었으나 최근에는 135밀리리터 작은 맥주 캔 하나와 레드와인 두세 잔 정도로 충분하다. 이 정도도 많다고 하는 사람도 있겠지만 나에게는 장족의 발전이다. 그리고 그 결과 여러 면에서 좋은 변화가 일어났다.

1. 잠자리에 일찍 든다.
2. 책을 읽는 시간이 늘었다.
3. 일찍 일어난다.
4. 오전 시간을 쓸데없이 버리지 않는다.

반주를 하지 않고 저녁식사를 마치면 하루가 끝난 기분이 든다. 그러고 나서 일을 할 때도 있는데, 최근에는 이런저런 잡무를 처리하고 오후 9~10시쯤에 잠드는 날이 늘었다.

침대에 누워 책을 읽거나 넷플릭스로 영화를 보다가 졸리면 가족이 깨어 있어도 먼저 잠이 든다. 당연히 아침에 빨리 눈뜨게 된다.

몇 번 오전 5시에 눈을 뜬 적이 있는데 그런 날은 기분이 아주 상쾌했다. 행동을 시작하는 시각이 빨라져서 오전 시간에 할 수 있는 일들이 현저히 늘어났다. 당연히 일도 수월하게 진행되었다.

물론 완전히 술을 끊은 것은 아니다. 일주일에 한두 번 간을 쉬게 하는 '휴간일'을 제외하면 여전히 술을 마신다. 회식 등 술을 마셔야 하는 자리가 있으면 빠지지 않고 마신다. 다만 술을 마실 기회와 마시는 양이 줄면서 전처럼 많이 마시지 못하게 되었다. 당연하다면 당연하겠지만 술을 퍼마시던 나에게 그것은 아주 신선한 사건이었다.

이렇게 되니 몸보다 마음에 더 여유가 생긴 것 같다. 적어도 이제는 밤낮없이 주구장창 술을 마시는 일에 별 매력을 느끼지 못한다.

타임머신이 있다면 수년 전의 나에게 나지막이 일러주고 싶다.

“술 대신 탄산수도 제법 괜찮아.”

YES

연하장은 필요하다

인터넷으로는 결코 전달할 수 없는 마음

해마다 연하장을 보내는 사람이 많이 줄어드는 듯하다. 2020년 10월 30일 〈아사히 신문〉에 따르면 2021년용 연하엽서의 발행부수는 19억 4,198만 장으로 과거 최고의 판매부수를 자랑하던 2004년용 연하엽서(44억 5천만 장)의 절반도 안 되는 수준까지 줄었다고 한다.

경제적인 영향도 크겠지만 17년 전 기록이 최고라니 조금은 뜻밖이었다. 어쨌든 연하장을 보내는 사람이 감소하는 건 분명하고, 이 추세는 앞으로도 계속될 것이다.

개인적으로는 연하장이 사라지지 않았으면 좋겠다. 특별한 이유가 있는 건 아니고 연말연초에 연하장을 쓰는 즐거움을 느끼며 자랐기 때문이다. 상대방을 생각하면서 연하장을 쓰는 시간이 굉장히 즐겁고 친구에게 손으로 쓴 연하장을 받으면 역시나 기쁘다. 그래서 지금까지도 받은 연하장을 소중히 간직하고 있다.

여기에는 모순점도 있다. 왜냐하면 현재는 해마다 300여 장의 연하장을 보내는데 양이 양인 만큼 손수 쓴 것이 아닌 인쇄된 연하장을 보내기 때문이다. 그래도 될 수 있는 한 한마디라도 직접 손으로 써넣으려고 한다. 한 글자라도 손으로 쓴 글씨가 들어 있으면 성의가 더 전해질 테니 말이다.

물론 전부 손으로 쓰는 것이 이상적이겠지만 그게 무리라면 한마디라도 손으로 쓴다. 그렇게 하면 확실히 마음이 전해질 것이다. 그리고 이런 이유로 연하장을 과거의 유물이라며 부정하고 싶지가 않다.

참고로 말하면 훨씬 전부터 메일로 새해 인사를 보내는 사람도 있는데 개인적으로는 그리 마음에 들지 않는다. 아니 마음에 들지 않는다기보다는 메일로 인사를 받으면 이제는 영영 못 볼 사이가 된 같은 기분이 든다. 고루한 생각인지 모르겠지만 질과 두께가 주는 종이 질감에 담긴 사람의 마음을 받고 싶다. 그리고 가족이 모여 "그 사람이 보내온 거야"라고 말하면서 서로 자신이 받은 연하장을 자랑하는 일도 연하장이 지닌 진정한 매력이라는 생각이 든다.

오늘날에는 젊은 층만 해도 메일 차원을 훌쩍 뛰어넘어 온라인 메신저나 SNS를 통해 주고받는 것을 당연시한다. 하지만 그건 연하장이 아니지 않은가. 단문 메시지로 "새해 복 많이 받으셈~", "올해도 잘 부탁행~"이라는 말을 주고받는 것은 오히려 만담 쇼 같다. 해가 바뀐 순간에 말을 주거니 받거니 하는 데서 오는 재미이지, 이것은 새해 인사를 연하장에 쓰는 것과는 목적 자체가 다르게 느껴진다.

중학교 1학년 때 SF 작가 호시 신이치의 작품을 무척이나 좋아했다. 그해에만 호시의 작품을 제법 읽은 것 같다. 이윽고 나는 호시 신이치라는 작가를 동경하기에 이르렀다. 연말에 졸렬한 글자와 문장으로 연하장을 써서 딱 한 번 독자로서 마음을 전했던 기억이 난다. 하지만 상대방은 잘나가는 작가였다. 당연히 엄청난 양의 연하장을 받을 테니 내게 답장이 오리라고 믿는 게 이상했다. 그래도 당시에 나는 어렸던 터라 옅은 기대감을 좀처럼 떨쳐내지 못했는데 해가 바뀌고 며칠이 훌쩍 지난 시점까지도 답장이 오지 않자 어느 틈에 기대감이 전부 사라졌다.

한 장의 연하장이 도착한 날은 그로부터 얼마 후인 2월의 중순인가 하순쯤이었다. 연하장을 주고받기에는 이미 늦은 시기였으나 그 엽서를 뒤집어보니 거기에는 심플한 필체로 이렇게 쓰여 있었다.

행운이 함께하기를, 호시 신이치

단지 이 말뿐이었다. 그래도 나는 날아오를 듯 기뻤다. 동경하는 작가가 내 연하장을 읽고서 답장을 써준 거니까.

여기까지 쓰고 깨달았는데, 내가 손으로 쓴 연하장에 가치를 두는 것은 아마 그때의 경험이 영향을 미쳤는지도 모르겠다.

생활의 군더더기를 없애기 위한

Not to do list!

1	**온종일 스마트폰 쳐다보기**	

스마트폰에 주의를 뺏기지 않도록 필요할 때마다 비행기 모드로 해두고, 안 쓰는 앱은 휴지통에 버리자.

2	**찾지도 못할 정도로 책 사놓기**	

아무리 책이라도 필요할 때 바로 찾지 못하면 낭비일 뿐이다. 꼭 소장하고 싶은 책이 아니면 굳이 집에 두지 말자.

3	**필요 없는 물건 욕심**	

지금 필요하지 않은 물건이 있는지 찾아보고 하나씩 처분해보자. 사는 일만큼 버리는 일에서도 기쁨을 느낄 수 있다.

4	**싸다는 이유로 쇼핑하기**	

그저 저렴해서 물건을 산 적 있는가? 중요한 건 싸게 사는 게 아니라, 그 물건을 내가 즐겁게 쓸 수 있느냐다.

5	**습관적으로 술 마시기**	

마시지 않아도 괜찮은 날에는 마시지 말자. 안 마신 다음 날, 아주 새롭고 긍정적인 변화가 찾아올 것이다!

필요가 피로가 되지 않게

04

업무 효율

일잘러가 취하고 버리는 것들

NO

'내가 하는 게 빠르겠다'는 생각은 필요 없다

나만 할 수 있다는 생각은 버리자

어느 분야든 혼자 일을 떠맡아야 직성이 풀리는 사람들이 있다. 그리고 그런 사람들에게는 몇 가지 공통점이 있는 것 같다.

1. 성실하다.
2. 완벽주의자다.
3. 커뮤니케이션 능력이 부족하다.

성실하고 완벽주의자라서 빈틈없이 일이 마무리되지 않으면 받아들이지 못한다. 게다가 커뮤니케이션 능력이 떨어지는 경향이 있다. 누군가에게 일을 부탁하고 싶어도 말을 잘 하지 못하는 것이다(적어도 자신이 의도한 대로 전달하지 못한다). 그래서일까? 일을 다른 사람에게 부탁해야 하는 순간, 이들은 필요 이상으로 스트레스를 받으며 긴장한다. 일을 혼자 떠맡는 사람 중에는 이런 유형이 유독 많은 것 같다.

원하는 바를 자신 있게 잘 전달하지 못하면 상대방이 이쪽의 요구를 온전히 이해하지 못해서 원하는 대로 일해줄 확률이 낮아진다. 그러면 결국 일을 부탁한 입장에서는 '내가 직접 하는 게 빠르겠다', '내가 직접 해야 안심할 수 있겠다'는 생각에 빠진다.

이렇게 단언하는 이유는 내가 바로 그런 사람이었기 때문이다. 독립하고 어언 20여 년간 혼자서 일해왔는데 그 전에는 작디작은 광고대리점 제작부서에서 사람들을 관리하는 일을 맡아 했었다. 당시 내 꼴이 어땠느냐 하면……. 사람을 부리는 데 세계 최고로 맞지 않는 사람을 뽑으라면 기네스북에 오를 정도로 관리직에 맞지 않는 인간이 나였다. 쉽게 말해서 믿음직스럽지 못한 상사였는데, 지금 생각하면 같이 일했던 사람들에게 그저 미안할 따름이다. 일은 열심히 했지만.

여기서 진지하게 이야기해보고 싶은 것은 일을 혼자 떠맡는 사람에 관해서다. 다시 말하지만 일을 혼자 떠맡는 사람은 성실한 사람이다. 그래서 '절대로 실수해서는 안 된다'는 생각에 사로잡혀 어깨에 힘이 빡 들어가고 급기야 그 긴장감이 터지기 일보 직전의 풍선처럼 빵빵하게 부풀어 오르는 것이다.

잠시 멈춰 서서 생각해보면 어떨까? 그렇게 어깨에 힘이 들어가고 긴장감이 빵빵하게 부풀어 오른 상태라면 눈앞의 상황이 잘 보이지 않는 것이 당연하다. 설상가상으로 뭐라도 해야겠다며 불안해하고 초조해하면 시야도 더욱 좁아지는 것이다.

어떤 직종에 속해 있든 일을 할 때는 객관성과 냉정함이 요구된다. 마음을 가라앉히고 상황을 차분히 파악하지 않으면 일이 자꾸만 이상한 방향으로 흘러간다. 정말로 무서운 일은 오히려 그다음이다. 빵빵하게 부풀어 오른 풍선이 '더 이상은 무리야'라는 상태에 도달하면 남은 건 터지는 일뿐이기 때문이다. 풍선이 터지면 그 안에 있던 공기가 단숨에 빠져나와 돌풍이 일어날지도 모른다. 그러면 평온했던 분위기가 단숨에 깨지며 주위에 폐를 끼칠 수도 있다.

'내가 하는 게 빠르겠다'는 생각은 요컨대 주관적인 생각이다. 일시적이어도 편안한 기분이 들다 보니 무리해서라도 자신을 납득시키려고 하는 것이다. 하지만 그러면 주변에 피해를 주어 여러 가지 다른 문제들이 생긴다. 이것이 일을 혼자 떠맡지 않아야 하는 이유다.

이렇게 반박하는 목소리가 들리는 것 같다.

"하지만 일이 잘 안 되고 있는데 어떡하라고!"

그럼 어떻게 하면 좋을까? 정답은 의외로 간단하다. 자신이 일을 떠맡는 대신 '나만 이 일을 할 수 있는 건 아닐 거야'라고 인정하면 된다.

일을 하면 힘들어지는 이유는 '완벽하게 해내지 않으면 안 된다'는 생각 때문이다. 하지만 무릇 우리 인간은 불완전한 존재다. 완벽할 수 없고 잘하지 못하는 게 당연하다. 못 하는 걸 인정하고 '그럼 어떻게 해야 좋을까?'를 생각해야 한다는 말이다.

신기하게도 자신의 부족한 부분을 인정하면 마음이 편안해진다. 그리고 불현듯 다른 누군가에게 고민을 털어놓고 싶은 마음이 생기기도 한다. 이것은 여러 가지 의미에서 돌파구가 될 수 있다.

따라서 혼자 일을 떠맡기 일쑤인 사람이라면 부디 직접 하는 게 빠르겠다고 생각할 게 아니라 반대로 자신이 하지 못하는 게 당연하다고 생각해볼 것을 권한다. 그렇게만 해도 마음이 한결 편안해지고,

이것이 또 다른 출발이 된다는 점도 알게 될 것이다.

나 자신도 완벽과는 거리가 멀다. 여기에 쓰는 글 역시 미숙하고 서툰 나에게 보내는 메시지라고도 할 수 있다.

NO

말 걸기 힘든 사람 앞에서 고민할 필요 없다

대화의 장벽을 낮추는 법

"직장 선배가 무서워요. 업무에 관해 이것저것 물어보면 '그런 것도 몰라?' 하고 부정적인 반응만 보이니까 무서워서 말 걸기도 꺼려지고요."

알고 지내는 여성이 내게 이런 고민을 털어놓은 적이 있다. 어느 직장에나 이렇게 말을 걸기도 어렵고 친해지기도 힘든 사람이 있다. 하지만 그렇게 까다롭게 구는 사람의 심정을 모르는 바는 아니다.

나는 원래 성격이 비뚤어지고 괴팍한 사람들에게 인기가 있는 유형이다(요컨대 끼리끼리 논다는 말이리라). 직장 생활을 할 때는 영업부 직원과 말이 잘 통하지 않아서 툭하면 언쟁을 벌였다. 다시 말해 나 자신 역시 상대하기 힘든 사람으로 보였을 가능성도 부정할 수 없다.

같은 회사라도 부서마다 서로 하는 일이 다르다. 일하는 사람의 연령대가 달라도 차이가 생길 수 있다. 그런 의미에서 친해지기 곤란한 사람이 주위에 있는 것은 여느 조직에서나 직장에서나 흔히 겪는 일인지도 모른다. 그중 특히나 친해지기 힘든 사람들은 이런 경향이 있는 것 같다.

1. 콤플렉스가 있다.

2. 타인과의 소통 능력이 없다(는 걸 자신도 알고 있다). 그래서 용건이 잘 전달되지 않으면 스스로를 한심하다고 느끼고, 그 느낌이 그대로 상대방에 대한 분노로 돌변한다.

3. 자기표현에 능하지 않다.

4. 무서워 보이지만 의외로 마음이 여리다.

이렇게 친해지기 힘든 사람과의 사이에는 늘 벽

이 있다. 하지만 그 벽은 의외로 간단히 뛰어넘을 수 있다. 더욱이 그런 사람은 '이 사람은 적이 아니다'라고 느낀 순간, 상대방에게 크게 마음을 여는 경향이 있는 것 같다. 다시 말해 자기를 표현하는 데 서툰 만큼 순수하다. 한번 마음을 열면 아주 좋은 사람이라는 뜻이다.

회사에서 친해지기 힘든 사람을 대할 때는 그 사람에게 관심을 갖고 이쪽에서 먼저 마음을 여는 일이 중요하다. '친해지기 힘들다'고 느껴도 굳이 그걸 의식하지 말고, 대신에 '이 사람은 어디에 관심이 있을까?', '이 사람은 뭘 좋아할까?' 하고 상대방을 알려고 노력해본다. 간단히 몇 가지 방법을 활용해보자.

1. 음악, 영화, 스포츠 등 관심사나 취향을 알아낸다.
2. 옷차림을 칭찬한다.
3. 자녀 이야기가 나왔을 때 미소를 지었다면 잽싸게 아이에 대해 물어본다.

그 사람의 관심사를 알게 되었다면 그것을 계기로 "○○에 대해 잘 아는군요", "○○를 좋아하세요?"라고 가볍게 물어본다. 그때 상대방이 그 질문에 더욱 관심을 보이면 십중팔구 대화의 문이 열릴 것이다. 자신과 같은 관심사를 가진 사람이라고 생각해 다소나마 마음을 열 가능성이 생긴다는 말이다. 조금이라도 그런 분위기를 느끼면 용기를 내서 한발 더 나아가야 한다. 그러면 말로는 표현하기 힘든 무언가를 공유하게 되고 이후에는 점점 거리감을 좁힐 수 있을 것이다.

물론 처음에는 그 사람이 나를 상대도 하지 않을지 모른다. 그래도 포기하지 말고 "그렇군요. △△라서 ××를 좋아하는 줄 알았어요"라는 식으로 질문한 이유를 알려주는 것이 좋다. 그에게 내가 관심을 갖고 있다는 사실이라도 전해질 수 있게 말이다.

"그렇게 쉽게 말을 술술 할 수 있었다면 이렇게 고생하지도 않아요"라고 말하는 사람도 있을지 모른다. 그래서 작가 우에니시 아키라의 《당황하지 않고 야무지게 말합니다》에 나온 글을 인용하려 한다. 저자는 대화를 쉽게 술술 풀어내기 위해서는 경청하는 기술이 필요하며 상대방의 이야기를 들을 때는 자신을 버리는 것도 중요하다고 말한다.

> 자신을 버리면 눈앞에 있는 상대방에게 의식이 쏠리게 됩니다. '이 사람은 나에게 무엇을 말하고자 하는 걸까?', '무슨 말을 하려는 걸까?'에 민감해져서 상대방의 진의를 쉬이 파악할 수 있게 됩니다.

어쩌면 상대방의 이야기를 잘 알아듣지 못하는 것은 의식이 나 자신에게 향하고 있기 때문인지도 모른다. 이참에 상대방에게 의식을 집중해보는 것도 좋을 것이다. 그러면 대화의 장벽도 쉽게 낮출 수 있지 않을까?

NO

2페이지가 넘는 자료는 필요 없다

완벽하게 전달하려다 아무것도 못 한다

뭔가를 전하려고 할 때는 심플함, 간결함, 군더더기가 없는 것이 기본이다. 나는 그렇게 생각한다. 그리고 이것은 물론 보고서, 기획안 등 회사에서 자료를 작성할 때도 해당된다. 비즈니스 자료들에 쓸데없는 말이 너무 많다고 느끼기 때문이다.

사실 누구나 자료를 훑어보다 '이렇게까지 자세하게 쓰지 않아도 되는데'라고 느낀 경험이 있을 것이다. 그런데 신기하게도 그럴 필요가 없다고 지적해주는 사람은 그렇게 많지 않은 것 같다.

자료에 쓸데없는 부분이 늘어나는 원인은 그것을

작성한 사람의 마음에 기인한다. 앞에서 이야기한 '내가 하는 편이 빠르겠다'고 생각하는 사람처럼 진지하고 성실한 사람일수록 세세하게 공을 들여 자료를 작성할 가능성이 높기 때문이다. 진지하니까, 성실하니까, '정확하게 전달해야 해!', '빈틈없이 만들어야 해!'라는 생각이 앞서는지도 모른다. 그 결과로 무의식중에 생각난 사항들을 줄줄이 나열해 자료를 두껍게 만든다.

이런 사고방식의 바탕에는 '자세하게 기재해야 이해하기 쉽겠지?'라는 생각이 깔려 있을 것이다. 하지만 이런 태도는 역효과만 낳을 뿐이다.

누구라도 자신의 앞에 두꺼운 자료가 툭 던져지면 '이걸 꼭 봐야 한다고?'라며 지긋지긋해하지 않을까? 너무나 자연스러운 반응이다. 다시 말해 자신은 좋은 마음으로 자료를 상세하게 작성했으나 결과적으로는 상대방을 당혹스럽게 하는 것이다.

그러므로 원점으로 돌아가서 '무엇을 위해 만드는 자료일까?', '여기서 말하고 싶은 건 구체적으로 무엇일까?', '누구에게 알리고 싶은 걸까?' 등에 대해 다시 생각해봐야 한다. 중요한 건 핵심을 전달하는 것이다. 그러기 위해서는 자료에 들어갈 내용을 되도록 심플하게 정리해야 한다. 여기에서 '심플'이란 쓸데없는 부분이 떨어져 나갔다는 뜻이다. 필요한 것만 남은 상태라는 말이다.

자료를 작성하는 동안에는 몇 번의 '틈새 시간'을 두어야 한다. 활짝 기지개를 켠다거나 자리에서 일어나 사무실 안을 천천히 걸어보거나 어떤 행동을 해서 기분전환을 한 뒤 책상으로 돌아가는 것이다. 그런 다음 작성하고 있던 자료를 다시 살펴보면 거슬리거나 필요 없는 부분이 보일 것이다. 그 부분을 수정하고 삭제하면 된다.

광고업계와 출판업계에서 일해본 나는 두 업계에

서 만든 자료의 차이를 알게 되었다. 같은 성격의 자료라도 양상이 전혀 다르다.

광고업계의 자료는 대부분 뭘 이렇게까지 썼을까 싶을 만큼 군더더기가 많다. 수십 페이지나 되는 분량에 표지 1페이지, 목차 1페이지, 기획의도 1페이지……. 별것도 아닌 내용으로 페이지가 가득 채워졌다. 아마도 전체적으로 '보이는 것'을 중시하기 때문에 그런 것 같다. 그래서 필연적으로 전체 분량도 늘어난다(뭐 이것도 나름대로 근거가 있긴 하지만).

한편 출판업계에서는, 적어도 내 경험에서 보자면 기획안 등을 위해 수십 페이지짜리 자료를 만들지 않는다. 기획안이든 홍보 자료든 십중팔구는 A4 1장에서 많으면 2장 분량이다.

- 날짜
- 제목
- 기획 내용
- 페이지 수

- 목차 구성
- 발행 시기

이런 항목으로 간결하게 정리되어 있어서 보는 사람은 한눈에 개요를 파악할 수 있고, 자료를 작성한 사람과 함께 필요한 부분을 바로 논의할 수 있다.

물론 각 업계는 회사마다 일의 목적과 의도, 규모도 다르다. 하지만 개인적으로는 출판업계의 자료가 압도적으로 간결하고 알기 쉽게 느껴졌다. 이제 자료를 작성할 때마다 많아도 2장 이내로만 정리해보겠다는 목표를 머릿속으로 정해보면 어떨까?

NO

책상에 서류 더미는 필요 없다

조금만 치워도 마음은 상쾌해진다

회사를 다닐 때 내 책상 양쪽에는 서류가 산더미처럼 쌓여 있었다. 책상 자체는 크기가 넉넉하고 수납 공간도 충분했지만 웬일인지 서류는 수습이 잘 안 되었다. 그뿐만이 아니다. 책상의 양 끄트머리에서 몇 시간 단위로 복사지, 업무 자료, 잡지와 신문 등이 계속 증식하는 느낌이었다. 서류 더미 사이에 간신히 확보해놓은 공간에서 나는 몸을 웅크린 채 깨작깨작 일을 해야만 했다.

그런데 그때의 나처럼 직장에서든 집에서든 책상이나 그 주변을 산처럼 만드는 사람이 의외로 많지 않은가? 특히 매스컴이나 광고 관계자 중에 많은 것 같다. 지금 돌이켜보면 그 무렵의 내 생각은 이랬다.

'곧 급하게 필요할지도 몰라. 옆에 놔두는 게 좋겠어.'

'비상시에 바로 쓸 수 있게 꺼내놔야 해.'

정신없이 일하는 직장인이라면 늘 머릿속에 '무슨 일이 생기면 곤란해질 테니까'라는 생각을 담아두기 일쑤다. 일일이 그런 생각을 하니까 쓸데없는 물건이 늘어나는 것이다. 나도 돌이켜 생각해보면 별 의미가 없는 일이었다. 실제로 '무슨 일'은 그렇게 쉽게 일어나지 않기 때문이다. 언제 필요할지 모를 서류는 곁에 둬봤자 의미가 없다.

또 하나 지적할 만한 점은 '두는 방식'이다. 당장 서류를 꺼내야 한다면 안건마다 분류해 서랍에 넣어두거나, 손쉽게 꺼낼 수 있게 적절히 수납해둬야 한다. 생기는 족족 쌓아두기만 하면 꺼내고 싶을 때 바로 찾아서 꺼낼 수가 없다. 결국 쌓아두는 일은 일종의 자기만족에 불과하다. 조금이라도 지저분하다고 느낀다면 다음을 실천해보자.

1. 5분이든 10분이든 좋으니 하던 일을 멈추고 간단히 정리하는 시간을 갖는다.
2. 그럴 때는 되도록 자리에서 일어나 움직이면서 작업한다.
3. 이 행동을 작은 습관으로 만든다.

예전에 이렇게 하지 못한 나 자신을 반성한다. 어쨌든 이처럼 짧게 정리하는 습관을 들이는 것은 앞으로 일하기 쉽게 눈에 보이는 곳만이라도 간단히 정리하기 위함이다. 본격적으로 한꺼번에 정리하려고 하면 나름대로 많은 시간이 필요해서 정리해야겠다고 마음먹어도 곧바로 실행하기는 어렵다. 그래서 일단 살짝만 치우는 습관을 들이자는 개념이다. 이 정리 습관만으로도 여러분의 책상과 그 주변은 말끔해질 것이다. 필요한 물건을 그때그때 바로 찾을 수 있을뿐더러 일의 효율도 자연스럽게 향상될 것이다. 이런 말은 누구나 할 수 있다고 말할지 모른다. 하지만 누구나 할 수 있는 것을 습관화하지 않아서 책상에 서류가 쌓이는 것이다.

정리할 때는 되도록 움직이는 것이 중요하다. 몸을 움직이면 조금이나마 운동이 되어 잃었던 생기를 되찾을 수 있기 때문이다. 이는 얼핏 보기에 정리와 관계없어 보이지만 그렇다고 전혀 관계가 없는 것도 아니다. 몸을 움직이면 몸이 그 행동을 기억하기 때문이다. 몸을 움직이면 물건을 넣어둔 장소도 쉽게 떠올리게 된다.

조금이라도 정리를 하면 서류가 쌓이는 데서 오는 어딘가 개운치 않은 느낌을 해소할 수 있다. 주위가 깔끔하게 정리되니 기분도 당연히 상쾌해진다. 이런 경험이 늘어날수록 정리정돈이 전해주는 긍정적인 효과를 제대로 알게 된다. 그동안 귀찮다고 여겼던 일이 실은 즐겁고 상쾌한 일이라는 점을 알게 되는 것이다. 더군다나 정리하는 습관을 들일수록 필요한 것과 필요하지 않은 것을 구분하는 감각이 길러져서 결과적으로는 책상 주변이 점점 쾌적해지는 선순환이 생길 것이다.

> 정리란 어지럽게 널려 있는 것을 눈에 거슬리지 않게 깨끗하게 치우는 것이 아니다. 그런 건 차라리 정돈이라고 해야 할 것이다. 물건이 잘 정리되어 있다는 건 겉보기에 깨끗해야 하는 것은 물론이요, 필요한 물건을 필요한 순간에 바로 꺼낼 수 있는 것을 의미한다고 생각한다.

문화인류학자 우메사오 다다오는 《지적 생산의 기술》에서 이렇게 주장한다. 쓴 지 50년이 넘은 책이라고 생각할 수 없을 정도로 현대 비즈니스 환경에 잘 들어맞는 내용이 많다. 사무실 책상을 정리할 때도 충분히 염두에 두어야 할 이야기라고 생각한다.

NO

무엇을 쓸지 고민하는 시간은 필요 없다

안 써지는 글도 일 때문에 꼭 써야만 한다면

"글이 안 써질 때는 어떻게 합니까?"

이런 질문을 자주 받는데 그럴 때마다 어떻게 대답해야 할지 난감하다. 왜냐하면 내 경우에는 절망적으로 글이 안 써진 적이 거의 없기 때문이다. 물론 벽에 부딪힌 적은 얼마든지 있다. 그래도 그때마다 극복할 수 있는 수준이었다. 솔직히 말하면 난관을 극복하는 일까지 포함해 순수하게 글 쓰는 일을 좋아한다.

더욱이 내가 비교적 단시간에 그 벽을 뛰어넘을 수 있었던 것은 나 자신을 예술가가 아니라 직업작가라고 생각했기 때문이다. 예술가라면 글이 안 써져도 그건 자신의 문제다. 그 사람이 글을 쓰지 못한다고 해서 곤란해질 사람은 없다. 하지만 일로 글을 쓰고 돈을 받는 경우라면 책임이 따른다. "글이 안 써져서 안 되겠습니다"라고 하는 건 말도 안 되고 신뢰를 잃을 수도 있다. 직업으로 하고 있는 이상 글을 쓰는 수밖에 없다. 글쓰기가 영 내키지 않으면 글이 쓰고 싶어지게 자신을 채찍질하는 방법을 강구해야 한다. 무엇을 쓰면 좋을지 모르겠으면 이 또한 방책을 고민해봐야 한다.

그렇기는 해도 실제로 '쓰지 못해서' 고민하는 사람이 많은 것 같다. 이유는 여러 가지가 있을 텐데 혹시 글 쓰는 일을 의무처럼 느끼고 있는 건 아닐까? 무의식중에 자신을 몰아붙이고 있지 않느냐는 말이다. 그렇다면 숨이 막혀서 글 쓰는 게 싫어져도 무리는 아닐 것이다.

하지만 해결책은 의외로 간단하다. 글쓰기를 즐기면 된다. 내가 말해놓고도 성의 없는 소리처럼 들려서 어디선가 "그게 가능하면 고생도 안 하겠죠"라는 볼멘 목소리가 들리는 것 같다. 하지만 이건 아주 중요한 이야기다.

그러면 즐기기 위해서는 어떻게 하면 좋을까? 누구를 위해서가 아니라 자신을 위해서 쓰는 것이다. 가령 업무상 써야 하는 기획안은 기본적으로는 다른 사람을 위해 쓰는 것이다. 하지만 일단 자기가 생각하기에 순수하게 '괜찮다'고 느껴지는 기획안을 써보는 것이다. 그러면 결과적으로 잘 전달되는 기획안이 완성될 것이다. 즐기면서 쓴 글은 전달도 잘 된다. 반대로 글이 잘 안 써진다면 그것은 읽는 사람의 반응에 지나치게 신경을 써서일지도 모른다.

기획안의 최종 목적은 다른 사람에게 보여주는 것이다. 하지만 누군가에게 보여준다고 해도 그건 최종 단계의 이야기다. 쓰고 있는 도중에 공개할 리도 없을뿐더러 다 쓰고 나서도 자신이 나서서 보여주지 않는 한 누군가에게 보일 일은 없다. 따라서 어렵게 생각하지 말고 생각한 대로 마음 편하게 쓰면 된다. 나중에 얼마든지 수정할 수 있으니까.

쓰는 게 영 내키지 않으면 쓰는 일과 전혀 관계없는 일을 해보는 것도 효과적인 방법이다. 나는 글이 안 써질 때 산책을 하고 자전거를 타고 스트레칭을 하는 등 몸을 움직이기도 하고, 음악을 듣거나 책을 읽거나 답 메일을 쓴다. 그렇게 해서 수십 분 혹은 몇 시간 정도 스스로 여유를 갖는다. 아주 일반적인 방법이지만 이렇게 쓰는 일에서 일시적으로 거리를 두는 것도 좋다. 글을 쓸 때는 집중력이 필요해서 잠깐이라도 기분전환을 하는 것이 매우 유리하다. 그러고 나서도 어떻게 써야 할지 모르겠다면 다음과 같이 해본다.

1. 문장이든 단어든 머리에 떠올린 것을 기계적으로 조목조목 쓴다.
2. 어느 정도 다 쓰면 다시 고친다.
3. 쓰고 싶은 걸 중심으로 글을 완성한다.

누구나 뭘 써야 할지 모르겠다며 고민을 한다. 그럴 때야말로 짧은 글을 쓰고 고치면서 새롭게 다듬어보는 것이다. 그렇게 하면 분명 대개의 고민은 해결된다.

또 한 가지 말할 것이 있다. 뭔가를 쓰는 일을 특별한 행위라고 생각하지 않았으면 한다. 쓰는 데 익숙한가 아닌가의 문제는 있을지언정 쓰는 일 자체는 보통의 일이기 때문이다. 극단적으로 말해서 일상적인 대화와 본질적인 부분은 같다. 하지만 도저히 쓰지 못하겠다면 일기 같은 글을 쓰는 습관부터 가져보는 것도 한 방법이다. 펜을 드는 것이 귀찮으면 컴퓨터나 스마트폰으로 써도 좋다. 습관만 들이면 언젠가 반드시 글 쓰는 일에 익숙해질 것이다.

어쨌든 고민하는 시간을 버리고 게임을 하듯이 즐기면 된다. 쓰는 일에 대한 고민을 줄이겠다는 마음으로 말이다. 다시 말하지만 쓰는 과정에서 누군가에게 보여줘야 하는 것도 아니니까.

YES

업무 중 쪽잠은 필요하다

더 큰 효율을 위한 시간 투자

최근 실리콘밸리의 많은 기업에서 낮잠을 권장하고 있다. 구글에서도 낮잠용으로 팟pod이라는 수면캡슐을 두었다. 이상적인 수면 상태를 위해 개발된 근미래적 디자인의 헬멧 모양 의자다. (중략) 나는 수면이 부족할 때나 피곤할 때, 작업 효율이 떨어졌다고 느껴질 때 팟을 예약하고 스케줄을 잠시 뒤로 미룬 채 의자에 기대어 앉는다. 뚜껑을 닫으면 안에서 흘러나오는 기분 좋은 선율에 몸을 맡기고 20분 동안 잠을 청한다.

구글의 수석 전도사Chief Evangelist(전문지식을 갖추고 사업의 가치를 알리는 사람으로 테크 기업에 많이 등장한다) 고피 칼라일이 쓴 《인터넷에서 이너넷으로Internet to the Inner-Net》에서 이 글을 발견했을 때 크게 공감한 기억이 난다. 나도 거의 매일 20분씩 낮잠을 자기 때문이다.

졸음은 일하는 도중, 특히 점심을 먹고 나서 단숨에 밀려온다. 이런 현상은 뇌의 각성과 수면과 관계있는 오렉신orexin이라는 신경펩티드 탓이라고 하는데 어쨌든 졸음은 직장을 다니는 사람에게는 최대의 적이다. 업무 효율의 저하로도 이어지니 많은 사람들이 '자면 안 돼!', '무슨 일이 있어도 졸음을 쫓아내자!'라고 발을 동동 구르는 것은 아닐까?

다만 일부러 일을 내팽개치고 노는 거면 몰라도 그게 아니라면 그렇게까지 심각하게 생각할 필요는 없다. 누구나 잠이 오면 꾸벅꾸벅 조는 게 당연하기 때문이다. 졸음이 올 때는 5분이든 10분이든 잠시 잠을 청하는 게 좋다. 이미 쪽잠을 습관화한 나는 그렇게 단언할 수 있다.

"나 지금부터 20분만 잘게."

나의 예전 상사는 자주 이렇게 선언하고 자기 자리에서 낮잠을 청하곤 했다. 그리고 눈을 뜨면 어깨를 곧게 펴고 다시 일을 시작했다. 수십 분간의 잠으로 보란 듯이 생기를 되찾았다. 내가 꽤 오래전부터 쪽잠을 습관화한 이유도 당당하게 자는 상사의 모습을 일상적으로 봐 왔기 때문이다.

반드시 매일 의자에 앉아 낮잠을 자는 것은 아니지만 대략적으로 생각해보면 내 쪽잠 스케줄은 이러하다.

1. 내키지 않는 원고를 쓰고 나서 피곤을 느낄 때 10분
2. 점심 식사 후 쏟아지는 졸음을 도저히 떨쳐내지 못할 때 10분
3. 그 외 중간중간 5분

졸음이 오면 이런 식으로 주저하지 말고 '조금만

자볼까?'라고 생각을 바꿔보자. 익숙해지지 않거나 다소 양심의 가책을 느낄지도 모르지만 결과적으로는 잠깐 시간을 내서 자는 편이 업무상으로도 효율적이다.

여기까지 쓰고 고백하건대, 솔직히 지금 이 순간 나는 2번처럼 쏟아지는 잠을 도저히 떨쳐내지 못하고 있는 상태다. 이대로 계속 글을 쓰기 어려울 것 같아 이쯤 해서 잠시 눈을 붙이려고 한다. 참고로 현재 시각은 오후 1시 10분. 근처에서 메밀국수를 먹고 온 지 한 시간쯤 지난 참이다.

• • •

다들 안녕하신지? 나는 그사이 눈을 좀 붙였다 일어났다. 지금이 오후 1시 22분이니까 10분쯤 잔 셈이다. 겨우 10분 잤을 뿐인데 꽤나 다른 느낌이다. 오늘의 나에겐 이 10분이 적절한 수면시간이었다는 뜻이다. 사실 지금 나 스스로도 놀랄 정도로 몸이 개운하다. 일을 해야겠다는 의욕도 불끈 샘솟는다.

물론 내 개인적인 감각이라서 모든 사람이 이렇게 된다고는 할 수 없다. 하지만 상사에게 들키지 않을까 마음 졸이면서 애써 졸음을 참는 것보다 훨씬 건전하지 않을까? 10분이라도 좋으니 졸리면 잠깐이라도 눈을 붙이자고 주장하고 싶다.

졸음에 시달리다 보면 왠지 모르게 죄책감을 느끼게 된다. 어쩌면 동료도 상사도 선배도 마찬가지로 졸음과 사투를 벌이고 있을지 모른다. 배가 부르면 인간은 졸리게 되어 있으니까. 그러니 모두가 잠이 올 수 있다는 인식을 공유하고, 졸리면 잠시 잠을 청하면 된다.

"잠이 와서 그러는데 잠시 눈 좀 붙이겠습니다!"

이렇게 당당하게 말할 수 있는 분위기를 만들면 모두의 업무 효율도 틀림없이 오를 것이다. 졸음은

‘없었던 것’으로 만들기보다 ‘있다는 걸 인정해야 하는 것’이기 때문이다.

YES

여전히 종이 사전은 필요하다

사전 찾는 즐거움이 지식으로 이어진다

인터넷이 보급된 후로 종이 사전(이하 사전으로 쓰겠다)을 잘 찾지 않게 되었다. 모르는 단어, 알고 싶은 단어도 인터넷에서 검색만 하면 뚝딱 나오니 당연한 얘기다. 찾으면 바로 원하는 답이 나오다니 그 자체로 참 획기적이다.

다만 이렇게 생각하는 와중에도 마음속 어딘가에는 뭔가 아쉬운 느낌이 있는 것도 사실이다. 아마 그 아쉬움의 실체는 질감, 성실감, 성취감의 결여에서 오는 게 아닐까? 사전을 찾는 행위, 다시 말해 페이지를 넘기는 동작 없이도 정답에 이르는 일에 막연한 공허함을 느끼는 것이다. 단순히 내가 글을 쓰는 일을 하고 있어서인지도 모르지만.

몇 년 전 사전을 새로 샀다. 이와나미 쇼텐에서 발행한 일본어 사전《고지엔》(제6판)과 산세이도에서 발행한《신메이카이국어사전》(제7판)이다. 전자는 신뢰와 권위 면에서 사전의 정도正道라고 할 수 있고, 후자는 해석과 용례가 독특한 것으로 유명한 사전이다. 각각 해석이 달라서 두 사전만 비교해도 이전에는 보지 못했던 다양한 견해를 얻을 수 있겠다고 판단했다.

새로운 사전을 들자 손바닥에 묵직한 느낌이 전해졌다. 아니《신메이카이국어사전》은 몰라도《고지엔》은 묵직하니 뭐니 떠들 수 있는 것이 아니다. 워낙에 부피가 커서 꼭 지식은 있되 완고한 노인 같은 느낌이다.

하지만 그 노인은 무엇이든 가르쳐주거니와 내용도 머릿속에 확실하게 들어온다. 이상한 표현인지도 모르지만 사전과 대화를 나누는 듯한 인상을 준다. 물론 하나의 이미지에 불과할지 모른다. 그렇다고는 해도 인터넷에서 표층적으로 의미를 확인하는 것과는 본질적으로 다르게 느껴진다.

더불어 결코 넘기기 쉽다고는 할 수 없는 종이의 질감, 종이와 잉크의 냄새도 그리운 기억을 불러오는 중요한 요소라고 생각한다. 그렇다. 페이지를 넘길 때마다 초등학교 시절 누구나 경험했던 사전에 대한 경험이 되살아난다.

이렇게 되면 사전을 찾는 행위가 점점 더 즐거워진다. 그러고 보니 '어린 시절에는 사전을 찾는 것 자체가 즐거워서 여러 가지 단어를 찾아봤었네' 하고 어떤 그리움에 사로잡히기도 한다. 결코 감상에 빠져서가 아니라 이 별것 아닌 것처럼 보이는 마음이야말로 사전을 찾는 중요한 이유가 아닐까 하는 생각이 든다.

오랜만에 이런 경험을 하고 나니 한 가지는 확신

할 수 있었다. 검색 기능이 아무리 발전해도 사전은 역시나 필요하다는 사실이다. 사전을 찾는 즐거움이 지적 호기심을 불러일으키고 그것이 머릿속 어딘가에 지식으로 명확하게 새겨지기 때문이다.

학창 시절에 친구와 사전 찾기 배틀을 한 적이 있다. 미리 정해놓은 특정 단어를 누가 먼저 찾는지 겨루는 게임이었다. 시간은 남아도는데 할 게 없어서 그냥 한번 해본 것뿐이지만 결과적으로는 내가 전부 이겨서 기분이 몹시 좋았던 기억이 난다. 원래 사전을 찾는 습관이 있어 나도 모르게 요령 비슷한 게 몸에 밴 모양이다. 뇌 운동도 된다고 하니 한번 해보면 어떨까? 꽤나 재미있다.

일의 군더더기를 없애기 위한

Not to do list!

1	'내가 하는 게 빠르겠다'고 생각하며 일 떠맡기	

정말 내가 하는 게 빠를까? 이 피곤한 생각을 이렇게 바꿔보자. '나만 이 일을 할 수 있는 건 아니야.'

2	안 친한 동료에게 말 걸지 말지 고민하기	

막상 친해지면 의외로 여린 사람일 수 있다. 어려워하지만 말고 대화의 벽을 조금씩 허물어보자.

3	2페이지 넘게 자료 작성하기	

그렇게까지 자세히 안 써도 된다. 다 덜어내고 심플함을 추구하자. 읽는 사람도 그걸 원한다.

4	책상 가득 서류 쌓아두기	

옆에 쌓아두는 건 쓸데없는 짓이다. 생각보다 그 서류들을 쓸 일도 없다.

5	업무용 글쓰기에 대한 두려움	

안됐지만 어차피 써야 한다. 그러니 마음을 내려놓고 생각나는 대로 일단 써보자. 고치는 건 나중에 하면 된다.

필요가 피로가 되지 않게

05

라이프 스타일

안 할수록 나는 나다워진다

NO

SNS에서 꾸미는 것은 필요 없다

일상이 허구에 가까울수록 본래의 즐거움과 멀어진다

얼마 전까지 '인스타용'이라는 말이 유행했다. 벌써 사어死語가 된 느낌이라서 시간이 참 빨리 지나간다는 생각만 든다. 그건 그렇고 SNS에서 '좋아요!'를 많이 받고 싶은 마음을 모르는 바는 아니다. 사람들의 공감을 받으면 누구나 기분이 좋을 테니까. 솔직히 말해서 '좋아요!'를 받으면 눈에 띄고 싶다는 자기과시욕이 채워진다. 정도의 차이는 있지만 인간은 누구나 자기과시욕이 있으니 뭐 당연하다면 당연하겠지만. 다만 때로는 그게 너무 지나쳐서 문제인 것 같다.

SNS에 글을 올리는 본래의 취지는 자신이 좋아하는 것이나 예쁜 물건을 좋아하는 사람들에게 알려주고 싶은 것이리라. 하지만 뭐든 하다 보면 점점 폭주하게 되지 않는가. '인스타용'도 다르지 않아서 언젠가부터 사진이 잘 나오는 물건이나 행복해 보이는 일상을 보여주는 것이 목적이 되어버린 느낌이다.

전에 소프트아이스크림이 잔뜩 버려진 쓰레기통 사진이 인터넷상에 공개되어 문제가 된 적이 있었다. 오직 SNS에 올리기 위해 소프트아이스크림을 사놓고 촬영이 끝나자 쓰레기통에 버린 것이다. 겉보기에 아기자기하게 예쁜 그 소프트아이스크림은 어디까지나 SNS를 꾸미기 위한 수단에 불과했다. 그래서 사진만 찍고 입에도 대지 않은 채 버렸다.

이때 소프트아이스크림은 세련되고 멋진 일상을 연출하기 위해 소비되었을 뿐이다. 소프트아이스크림의 입장에서는 씁쓸한 이야기다(아이스크림에 인격은 없지만 말이다).

보여주기 식 '행복의 과시'가 점점 심해지면 그게 뭔지 모르게 될 수도 있다. 게다가 아이러니하게도 행복의 과시가 목적이 될수록 사진에는 찍히지 않는 실제 일상과 점점 멀어지는 것 같다.

"남한테 폐를 끼치는 것도 아닌데 어때?"

이런 의견도 일리가 있다. 하지만 이 말을 하는 속마음에는 '그렇게 하면 허무하지 않을까?'라는 마음도 있을 거라 생각한다. 쓸데없는 참견이겠지만.

좋아하는 것이나 예쁜 것을 좋아하는 사람들에게 알리고 싶다는 마음은 순수하거니와 그런 일들이 즐거우리라는 것도 진심으로 이해할 수 있다. 단, 그 이면에 있는 '이렇게 멋진 일상을 보내고 있다는 걸 과시하고 싶다'는 마음이 때로는 걷잡을 수 없이 커질 때가 있다.

그리고 SNS에 글이나 사진을 올리면 결과적으로 이런 행위의 본질적인 부분이 노골적으로 드러나게 된다. 자기과시욕 이전에 내가 여기에 있다는 걸 알아주고 인정해주었으면 하는 바람, 다시 말해 자기 긍정감을 채우기 위한 행위로서 기능한다는 말이다.

자기과시욕을 채우기 위해 불필요한 행동을 계속하면 공허함과 쓸쓸함을 느낀다. 이는 현실의 자신과는 동떨어지기 때문이다. 또는 자기긍정감을 얻고 싶어서 본래의 자신과는 다른 자신 혹은 생활을 과시하다 점점 더 허무함을 느끼고 자기긍정감에서 멀어진다. 그래서 다시 좀처럼 손에 넣지 못하는 자기 긍정감을 얻기 위해 불필요한 행동까지 하여 평가를 받으려고 하고 결국에는 영원히 벗어날 수 없는 악순환에 빠지는 것이다.

하지만 이런 일이 반복되며 일상이 허구에 가까워질수록 본래의 즐거움과는 멀어지는 것이 아닐까? 허구의 삶에서 '좋아요!'를 받기보다 있는 그대로의 상태에서 '좋아요!'를 받아야 진정한 자기과시욕이 채워지지 않을까?

NO

무분별한 인터넷 정보는 필요 없다

편집된 정보의 세계에서 산다는 것

딸아이가 초등학생일 때 정리 사이트를 본다고 해서 놀란 적이 있다.

나: 어떤 사이트를 보는데?

딸: 네버.

'이름이 좀 부정적이네'라고 생각하면서 자세히 물어봤더니 '네버'가 아니고 '네이버'였다. 정확히 말하면 네이버 마토메(정리)로, 특정한 주제를 사용자가 정리해서 공유하는 서비스인데 여러 정보와 기사가 보기 좋게 잘 정리되어 있었다(2020년 9월 30일 이

서비스는 종료됐다).

해당 웹 사이트를 대충 훑어보니 아직은 걱정할 게 없어 보이지만 언젠가 딸아이도 어른들이 보여주고 싶지 않은 정보를 접하게 될 것 같았다. 아이란 많든 적든 봐서는 안 될 것을 접하면서 바깥 세계를 알아가는 터라 어쩔 수 없을 때도 있겠지만 말이다.

출처가 확실한 웹 사이트라면 몰라도 개인이 운영하는 웹 사이트까지 포함하여 소규모 정리 사이트에 관해서는 약간 불안함을 느낀다. 전부 그렇다고는 할 수 없지만 규모가 작은 웹 사이트 중에 팩트 여부와 공정함에 문제가 있는 곳도 적지 않기 때문이다.

개인이 운영하는 정리 사이트 중 몇 퍼센트는 개인 큐레이터가 모 거대 게시판 등에서 퍼온 주제를 자신의 감각대로 고르고 편집해 기사로 작성한다. 즉 객관적인 시점에서 팩트와 공정성을 체크하는 편집자가 존재하지 않는다. 그러면 당연히 편향적인 정보가 실리게 된다. 주관이 깔려 있어서 공정함이 유지되지 않으며 때로는 주장의 균형이 무너진다.

게다가 인터넷의 특성상 그런 글들은 마치 사회 전체의 상식처럼 보인다. 정치와 사상, 인종에 관한 주제 등이 그 전형인데, 편향적인 주제가 상식이 될 위험이 있다는 말이다. 그 결과 특정인에 대한 차별마저 조장된다.

가치관은 저마다 다르므로 나와 다른 가치관을 가진 사람을 부정할 의도는 없다. 하지만 편향된 정보와 견해 혹은 음모론 등을 진실이라고 진지하게 받아들이는 사람이 있다고 생각하면 정말로 두렵다. 하물며 아이가 그런 글을 사실로 믿어버리면 편향되거나 차별적인 가치관을 가질 수밖에 없다. 나는 그것이 두렵다. 그래서 정리 사이트를 찾아보면서 '이렇게 많은 정리 사이트는 사실 필요 없는데'라는 생각이 들기도 했다.

프랑스 심리학자 장 프랑수아 마르미옹이 쓴 《내

주위에는 왜 멍청이가 많을까》에는 "최악의 미디어 조종자는 누구인가"라는 글이 실려 있다. 이 글에서 미디어 전략가이자 〈뉴욕 옵서버〉지의 칼럼니스트 라이언 홀리데이는 '인터넷상에서 행해진 지금까지 가장 놀랄 만한 정보 조작은 무엇인가?'라는 질문에 흥미로운 이야기를 들려준다. 놀라운 점은 케네디 대통령 암살이나 9·11테러 음모론과 같은 굵직한 사건의 가짜 뉴스가 아니라, 수백만 건에 이르는 작은 가짜 뉴스나 악의적 소문이 아무런 제재도 없이 매일 확산되고 있다는 사실이다.

> 정보를 제공할 자격이 없는 사람이 쓴 기사를 누구나 사실이라고 믿습니다. 그리고 나와 같은 일개 기자가 거대 미디어를 함정에 빠트려도 아무도 놀라지 않습니다. 이제 정보 조작은 일상다반사가 되었습니다. 어째서 미디어는 거기에 대해 아무런 조치도 취하지 않는 걸까요? 왜 미디어 정보가 조작되어도 아무도 충격을 받지 않는 걸

까요? 그게 훨씬 더 놀라운 일입니다.

정리 사이트도 마찬가지가 아닐까? 물론 모든 정리 사이트에서 정보 조작이 이루어진다는 극단적인 주장을 할 생각은 없다. 성실한 사이트도 있을 테고, 운영하는 과정에서 정보 제공자가 균형감각을 발휘할 수도 있다. 더욱이 인터넷이 보급되어 누구나 정보를 내보낼 수 있게 된 것을 무조건 나쁘다고 할 수 없다. 장점도 적지 않을 것이다.

하지만 상황이 이러니 그 정보를 그대로 받아들이기보다 '정말 공정하고 편향적이지 않은 정보일까?'라는 의문을 갖고 봐야 하지 않을까? 최소한 다음 사항들을 실천해보자.

1. 마음에 걸리는 정보가 있으면 그대로 받아들이지 말고 의심하는 습관을 들인다.
2. 사실인지 아닌지 조사해본다.

더 구체적인 방법으로 이 정도는 해보면 좋을 것 같다.

1. 인터넷 외에 신문, 잡지, 문헌 등을 최대한 참고한다.
2. 인터넷 정보의 경우 해당 웹 사이트의 신뢰성을 염두에 두고 본다(개인 웹 사이트보다 근거가 더 확실한 곳을 찾는다).

이 정도만 습관화해도 정보를 그대로 받아들이지 않게 될 것이다.

그런데 이것조차도 귀찮고 왠지 거부감이 들면 잘못된 정보를 인터넷에 올렸다가 망신을 당하는 자신을 상상해보라. 농담이 아니라 이건 아주 중요한 문제다. 왜냐하면 인터넷에 올린 글은 기본적으로 완전히 지울 수 없기 때문이다. 즉 사실 확인을 게을리한 채 잘못된 정보를 내보냈다가 반영구적으로 망신을 당할 수도 있다(실은 나도 그랬던 경험이 있다).

그런 일은 상상하기도 싫다. 그러니 사실 확인은

꼭 필요하다. 사실을 확인하는 습관을 들이면 인터넷 정보를 그대로 받아들이고 안일하게 정보를 재생산하지는 못할 것이다. 정보를 인터넷에 올리지 말라는 말이 아니라 이왕 올릴 거면 문제가 생기기 전에 미리미리 확인하고 올리라는 말이다.

NO

쇼핑 인기 순위는 필요 없다

판매 순위보다 '나다움'을 기준으로 삼자

온라인 쇼핑 회사 홈페이지에 들어가보면 인기 상품 순위가 반드시 있다. 그만큼 인기 순위를 궁금해하는 사람이 많은가 보다. 그 순위대로 상품을 둘러보면 어떤 상품이 잘 팔리는지 금방 알 수 있으니 확실히 편리할지 모른다. 여러분도 인터넷 쇼핑을 할 때 인기 순위부터 확인하고, 관심이 생기면 '구매하기'로 넘어가는가?

내게는 애초부터 '잘 팔리는 물건이니까 산다'는 발상 자체가 없어서 왜 사람들이 상품의 인기 순위를 그렇게 좋아하는지 진지하게 생각해본 적은 없었다. 그런데 새삼 생각해보니 상품의 인기 비결을 알 수 있는 약간의 단서가 될 만한 것이 보였다. 다시 말해 필요한 상품을 구입하는 것 외에 또 다른 요인이 있을지도 모른다는 사실에서였다.

전자상거래 사이트의 판매 순위 상위에 바크초콜릿이 올랐다고 하자. 그 시점에 왜 그 상품이 순위에 올랐는지는 미지수다. 어쨌든 시중에서 흔히 볼 수 있는 초콜릿이니까. 없어도 딱히 아쉽지 않은 상품이어서 관심이 몰리는 게 더 이상하다.

그런데 상품 페이지를 열어보니 "○○방송 △△에서 소개되었습니다!!"라는 상품 홍보 문구가 있는 게 아닌가. 그러면 그 방송을 본 누구라도 '아! 그거구나!'라고 반응할 것이다. 이렇게 해서 그 상품이 인기 순위 상위권에 들어간 수수께끼가 풀렸다. 방송에 나왔다니까 갑자기 상품에 관심이 생겨서 '한번 사서 먹어볼까?' 하고 기세 좋게 구매하기 버튼을 클릭하고 싶어진 사람이 많았을 거라고 추측해볼 수 있다. '△△에서 소개했다면 맛있을 거야. 그러니 한 번 사서 먹어보자'라는 생각으로 말이다.

다시 말해 이런 과정에 순위를 매기는 가치가 있는 게 아닐까? 거기에는 갖고 싶은 것, 필요한 것을 산다는 본래의 목적을 넘어 이벤트를 제공하는 장치로서의 기능이 있다. "○○방송 △△에서 소개되었습니다!!"라는 정보가 더해지면 소비자는 그 소식에 신이 나서 참여한다. 당연히 판매자 입장에서도 나쁠 게 없다. 서로에게 이익이 되므로 그렇게 생각하면 순위를 매기는 일이 옳은지 그른지는 크게 문제되지 않는다.

다만 그 속을 들여다보면 적어도 나에게는 순위 매기기란 그렇게까지 생각하지 않으면 이해할 수 없을 정도로 불가해한 것이기도 하다. 성격이 고분고분하지 못한 내가 보기에 물건을 살 때 인기 순위를 참고하는 행위는 본질적인 부분에서 잘못됐기 때문이다. 개인적으로는 '일방적으로 주어진 정보에 만족해도 될까?'라는 미심쩍은 생각을 떨쳐낼 수가 없다.

뭔가를 갖고 싶어졌다면 자신의 취향이나 가치관과 맞아서일 것이다. 적어도 나는 갖고 싶은 것은 스스로 선택하고 싶다.

인기 순위에 오른 상품은 단순히 잘 팔리는 것, 다른 구매자가 사고 싶은 것이지 내 기호에 맞는 상품은 아니다. 물론 잘 팔리는 이유가 있을 테고, 그 이유에 관심을 갖는 사람도 있을 것이다. 그러나 다음과 같이 생각해보는 것도 결코 시간 낭비는 아니라는 생각이 든다.

'잘 팔리는 상품일지는 모르지만 과연 내게 필요한 걸까?'

'내가 정말로 저 상품을 좋아하는 걸까? 진심으로 갖고 싶은 걸까?'

이런 생각을 하다 보면 점점 시야가 넓어져 자신

이 좋아하는 것, 자신에게 필요한 것이 무엇인지 더 명확해질 것이다. 그리고 나다움이 더욱 두드러져서 언젠가는 인기 순위를 참고할 필요가 없어질 거라고 생각한다.

상품의 인기 순위보다 중요한 것은 내가 뭘 좋아하고, 무엇을 갖고 싶어 하는지를 아는 것이다. 이렇게 단순하게 생각하면 진정한 의미에서 쾌적한 삶을 살 수 있지 않을까?

NO

똑같은 미니멀리즘은 필요 없다

나만의 적정량을 알자

물건을 줄이고 심플하게 사는 라이프 스타일로 미니멀리즘이 이미 오래전부터 많은 관심을 받아왔다. 이를 실천하며 관련 방법을 나누고 자기만의 만족스러운 삶을 사는 사람도 적지 않다.

미니멀리즘이라는 말을 듣고 당신은 무엇을 상상하는가? 아무것도 없는 방, 금욕적이고 새하얀 벽, 힘들게 근검절약하는 생활, 가구가 전혀 없는 방에 앉아 있는 사람. 대개는 그런 모습이 떠오르지 않는가?

미국 작가 조슈아 베커가 쓴《작은 삶을 권하다》에 나오는 구절이다. 저자는 현대 미니멀리즘의 선도자로 유명한데 이 책이야말로 미니멀리즘, 미니멀리스트의 이미지 그 자체를 대변하는 것 같다.

현실적으로는 아무것도 없는 환경에서 평온하게 생활하기란 불가능하다. 저자 역시 그렇다고 지적한다. 하지만 확실히 물건이 없어야 쾌적하게 살 수 있다. 무언가를 잃어버리고 나서야 그게 없어도 생각만큼 그리 힘들지 않다는 사실을 깨닫기도 한다. 그런데 물건이 조금도 늘어나지 않고 그 모습도 영원히 달라지지 않는 장소에서 과연 우리가 여든 살 노인이 될 때까지 생활할 수 있을까?

살다 보면 물건은 필연적으로 늘어나기 마련이다. 일단 '살면 짐은 늘어난다'는 현실을 받아들이자. 그러고 나서 '불필요한 물건을 어떻게 줄일 것인가'를 생각하는 편이 낫다. 늘어난 물건을 부정하지 말고 어떻게 줄일 것인지에 생각의 초점을 맞추는 것이다.

'이것만은 처분할 수 없어'라고 생각되는 물건이 나에게 얼마나 있는지 곰곰이 생각해보고, 조금이라도 없어도 된다고 여겨지는 물건은 과감하게 버린다.

100가지 물건을 앞에다 두고 고심 끝에 불필요한 물건을 버린 결과 최종적으로 15개가 남았다고 하자. 이 경우 15개가 남은 상태가 나에게 맞는 미니멀리즘이 된다. 왜냐하면 그 정도가 나에게 필요한 것이니 말이다. 뭐든 다 버리라는 게 아니라, 필요 없는 물건은 버리고 필요한 물건만 남기는 것이 진정한 의미에서의 미니멀리즘이라고 생각한다. 중요한 것은 이렇게 스스로에게 물어보는 것이다.

'지금의 나에게 필요하지 않은 것은 무엇일까? 그럼에도 필요한 것은 무엇일까?'

내 경우에는 이렇게 생각하고 남긴 것이 엄선한 책과 레코드였다. 앞에서 이야기했지만 예전에도 레코드를 대량으로 처분하려 한 적이 있었는데 보기 좋게 실패했다. 처분한 후에 '역시나 필요했다'는 생각이 들어 다시 사들이기 시작했기 때문이다. 즉 나에게 레코드는 '필요한 것'이었다. 버리고 나서야 그걸 깨달았다.

필요하다고 생각했던 것이 상황과 시기에 따라 필요 없는 것이 되기도 한다. 그래서 소유한 물건들을 정기적으로 점검하고 그때마다 필요하지 않다고 판단되는 책이나 레코드는 처분한다. 단순히 책과 레코드만 예외라고 정해버리면 나중에 다시 사들이는 이중 낭비가 발생할 수 있다. 따라서 지금 모으는 것들은 언젠가 처분의 대상이 될 수도 있다. 적어도 이런 마음가짐이 내게는 진정한 의미에서의 미니멀리즘이다.

《작은 삶을 권하다》의 글은 이렇게 이어진다.

솔직히 나는 미니멀리즘 자체에 푹 빠지지는 않

았다. 내가 지향하는 점은 누구나 적정량의 물건을 소유하고 그 덕분에 최고의 인생을 사는 것이다. 풍요로운 선진국 사람들의 98퍼센트에게는 물건을 줄이라는 의미로 들릴 것이다. 그래서 실질적으로는 소유한 물건들을 줄여가는 방법을 배워야 하는 것이다.

여기서 중요한 부분은 '적정량의 물건을 소유한다'는 것이다. 이렇게 적정량의 물건을 소유해야 진정한 미니멀리스트라고 할 수 있겠다.

YES

신문은 필요하다

인터넷 시대에 신문이 가르쳐주는 것

신문은 이제 그 역할을 다한 것일까? 이런 말을 듣게 된 후로도 시간이 꽤 지났다. 확실히 인터넷의 보급으로 판매부수가 떨어지고 구독자 수도 줄어든 것 같다. "뉴스야 스마트폰으로 보면 되지"라는 말을 들어도 전혀 이상할 것이 없다.

특히 속보에 비추어 말하자면, 이제 신문은 속도 면에서 인터넷 미디어를 이길 수가 없다. 조간 최종판의 입고 마감이 오전 1시 반경이라서 오전 3시에 큰 사건이 터지면 그날 조간에는 물리적으로 시간에 맞춰 기사를 실을 수가 없다. 하지만 인터넷 미디어라면 돌발 뉴스도 신속하게 올릴 수 있다.

이것이 인터넷이 지닌 강점 중 하나다. 하지만 그렇다고 해서 "신문은 그래서 안 돼"라고 딱 잘라 말하지는 못하겠다. 이유는 여러 가지인데, 가령 인터넷에 실리는 기사는 신문에 실리는 기사의 극히 일부에 불과하다는 점을 강조하고 싶다. 특종만이 기사가 아니다. 평소에는 그냥 지나쳐버릴 만한 페이지에 생각지도 못한 재미있는 기사가 숨어 있다.

더욱 중요한 점은 그렇게 신문을 접하면 관심이 없었던 기사에도 관심이 생긴다는 것이다. 지면을 넘기다 우연히 본 기사를 별생각 없이 읽다 보면 없던 관심도 생긴다. 사소한 계기지만 지식이란 본래 그렇게 쌓이는 게 아닐까? 지금 당장은 쓸모가 없어도 머지않아 그때 읽기를 잘했다고 생각하는 순간이 올 것이다.

별생각 없이 읽은 책이 예상을 뛰어넘어 지식과 견문을 넓혀주었다는 이야기와 비슷할지 모른다. 지식과 견문을 넓혀주는 책을 읽으면 눈에 보이지 않는 뭔가가 내면에 축적된다. 신문을 읽을 때도 이와 비슷한 일이 일어난다.

신문의 매력 중에서 무시할 수 없는 것이 각 신문의 입장이나 견해의 차이를 엿볼 수 있다는 점이다. 신문마다 주장하는 바가 다르다는 것이 흥미롭다.

각 신문의 차이를 간단히 표현하면 〈산케이 신문〉과 〈요미우리 신문〉은 보수 성향이고, 〈아사히 신문〉과 〈마이니치 신문〉, 지방지 〈도쿄 신문〉은 리버럴(자유주의)에 속한다. 한편 보수와 리버럴의 중간에 〈닛케이 신문〉이 있다(조금은 보수에 더 가깝다). 엄격하게 따지면 이견이 있을 수 있지만 지금 나는 그렇게 생각한다.

참고로《고지엔》사전에서 보수와 리버럴의 단어 의미를 찾아보면 이렇다.

- **보수保守: ① 유지하고 지켜내는 것. 정상적인 상태를 유지하는 것. ② 종래의 풍습, 전통을 중시하고 그것을 보존하**

려고 하는 것.

- 리버럴liberal: ① 개인의 자유, 개성을 중시하는 모습. 자유주의적. ② 자유주의자.

나는 리버럴한 인간이라서 〈산케이 신문〉 등의 논조를 보면 위화감을 느끼기도 한다. 그렇다고 보수를 부정할 생각은 없다. 보수 진영 사람들도 리버럴한 주장에 동조할 때가 있을 테니까. 다시 말해 이 세상에는 다양한 견해가 있고, 그래야 건전하다고 생각한다. 그것을 대립이라는 도식에 끼워 맞추면 귀찮은 일만 벌어진다. 이런저런 사람도 있다는 걸 서로 인정하는 게 중요하다.

어쨌든 우리는 주장이 다른 신문을 나란히 놓고 보면서 자신의 견해가 어떤지를 알 수 있는 기회를 풍족하게 얻는다. 이것이 신문 읽기의 좋은 점이다. 또한 다양한 논조를 접하는 사이에 가치관이 변할 수도 있다.

그런데 인터넷을 보면 신문에 대한 다양한 비판이 보인다. 비판이 꼭 나쁘다고는 할 수 없지만 개인적으로는 많은 사람이 날조라고 떠드는 것에는 거부감을 느낀다. 절대 아니라고는 단언할 수 없지만 날조하는 건 예외의 일이지 보통은 불가능하다고 생각한다. 원래 신문기자는 팩트를 중요시하는 일을 철저하게 배운 사람들이기 때문이다. 말하자면 확실한 증거가 있는 사실만을 쓰는 것이 대전제가 된다.

경솔하게 날조했다가는 매체의 존속이 위태로워지므로 현직 기자들의 의식이 그렇게까지 낮지는 않을 거라 생각한다. 그러니 독자들도 마음에 안 드는 기사가 있다고 무턱대고 "가짜 뉴스다!"라고 떠들어서는 안 된다. 그래도 부정하고 싶다면 증거를 확실하게 확인하고 나서 부정하자. 가짜 뉴스라고 말할 때도 근거가 필요하기 때문이다. 다시 말해 신문은 물론이고 우리에게도 지켜야 할 에티켓이 있다.

YES

자기계발서를 읽었다면 행동이 필요하다

써먹는 독서를 하자

- 일할 의욕이 나지 않는다.
- 생각처럼 실력이 늘지 않는다.
- 일머리가 없어서 난감하다.
- 인간관계가 원만하지 않다.
- 직업을 바꾸고 싶은데 결심이 서지 않는다.

이런 상황이라면 수많은 벽에 부딪힐 것이다. 게다가 사회생활을 하는 성인인 이상 기본적으로 자신의 문제는 스스로 해결해야 한다. 물론 상사와 선배에게 상담할 수도 있겠지만 최종적으로 해결책을 낼 사람은 자신밖에 없다.

어떤 문제로 고민할 때 자기계발서에서 해결책을 찾으려는 사람이 있다. 자기계발서에 정답만 쓰여 있는 것은 아니지만, 그래도 읽고 도움을 받거나 다소나마 해결의 실마리를 얻을 수 있기 때문이다.

내 주변에도 자기계발서에서 도움을 받았다는 사람이 적지 않다. 물론 나 자신도 비슷한 경험이 있다. 만능은 아니지만 자기계발서에는 그것에 걸맞은 가치가 있다.

하지만 잊어서는 안 되는 점도 있다. 자기계발서를 접할 때는 그것을 써먹는지 여부가 매우 중요하다. 읽기만 하고 아무것도 하지 않거나 결국 책만 사 놓았다는 사람도 아주 많기 때문이다.

베스트셀러로 화제가 된 자기계발서가 있다고 하자. 실제로 읽어봐도 잘 팔리는 이유를 알 수 있다. 어떤 책은 아주 유의미하며 분명한 가치를 전해주기도 한다. 하지만 더 중요한 것은 책을 읽은 후다. 책을 읽었으면 책에서 배운 것을 실제 행동으로 옮겨야 한다. 그런데 실제로 그렇게까지 하는 사람은 많지 않은 것 같다.

읽었지만 결국 아무것도 하지 않은 상태로 책을 치워두면 마음 한구석에 부끄럽거나 아쉬운 마음이 남지 않을까? 어쩌면 책을 읽었다는 사실 자체를 숨기고 싶을지도 모른다. 그러면 영원히 그 상태에 머물게 된다.

하지만 그렇게 끝내기에는 너무 아깝다. 기껏 책을 샀으니 읽어보고 뭔가를 얻는 편이 이득일 것이다. 그렇다. 이런 경우에는 이해득실을 따져봐도 좋다. 다만 본전을 뽑자고 마음먹으면 종종 '모든 걸 이해하고 넘어가야 해', '내용을 하나도 잊어버리면 안 돼'라며 오히려 극단으로 치닫게 된다.

그런 건 별 의미가 없다. 우리는 모든 걸 이해할 수도 없고, 내용을 잊어버리는 것도 당연하다. 가끔 방송에는 속독하고도 내용을 전부 이해하는 사람이 나오는데 어디까지나 소수의 사람에 불과하다. 보통은 이해하지 못하는 게 당연하고 잊어버리는 게 당연하다.

책을 읽으면 기억하려고 애쓰지 않아도 필요한 내용이라면 자연히 머릿속에 남게 된다. 읽은 내용 중에서 1퍼센트쯤 될까? 만약 그 1퍼센트가 자신에게 쓸모가 있고 그것을 행동으로 옮긴다면 독서는 대성공이다. 이에 관해 나의 졸저《1만 권 독서법》의 내용을 인용해보겠다.

> 머릿속에 남은 게 많지 않다는 것은 바꿔 말하면 거의 다 잊어버리고 자신에게 중요한 부분만 머릿속에 응축되어 있다는 뜻입니다. 뭔가가 머릿속 한구석에 남았다면 적어도 자신에게는 그 부분이 필요하다는 거지요. 그 책에서 얻을 수 있는 가치는 바로 거기에 있으며, 한 권을 독파했다는 의미는 그 한 구절을 만나는 데 있다고 나는 믿습니다.

바꿔 말하면 '모든 걸 내 것으로 만들자'는 당치도 않은 생각을 하니까 결국은 다 읽지도 못하고, 읽어도 아직 이해가 부족하다는 생각만 남아 행동으로 옮기지 못하는 것이다. 원래 독서는 자신을 위해서 하는 것이다. 그리고 자신을 위해 독서를 하고 나면 이제 행동만이 남는다. 책을 자유롭게 써먹기 위해서는 행동으로 옮겨야 한다.

YES

도서관은 필요하다

독서 인구가 줄어도 없어지면 안 되는 곳

도서관을 '나와는 관계없다', '인연이 먼 장소'라고 생각하는 사람이 많을 수도 있다. 독서 인구가 꽤 줄어든 데다 책을 읽는 습관이 없으면 도서관에 발길조차 하지 않기 때문이다. 하지만 도서관에 가면 좋은 점이 많다고 이야기하고 싶다.

첫째, 무료로 이용할 수 있다.

공공도서관은 누구나 자유롭게 이용할 수 있다. "그거야 당연하지"라고 말하겠지만 그 당연함을 활용하지 않는 사람이 많은 게 현실이다. '나와는 관계없는 곳'이라고 생각하지 말고 이용할 수 있는 건 적극 이용해야 한다.

둘째, 다양한 장르의 책을 읽을 수 있다.

사람들은 주로 자신이 관심이 있는 것에만 주의를 기울이는데, 도서관에 가면 평소에는 눈길도 주지 않을 책을 꺼내보며 미지의 세계를 탐구할 수가 있다.

며칠 전에 영국 작가 캐서린 아노트가 쓴《아프리카의 신화와 전설》이라는 책을 빌렸다. 도서관을 거닐다 책등이 우연히 눈에 들어와서 꺼내보았는데 표지도 매력적이었다. 게다가 아무도 빌리지 않았는지 거의 새 책이나 다름없었다. 이게 웬 떡이냐 싶어서 빌려 읽었는데 아주 재미있는 내용이었다. 만약 도서관에서 발견하지 못했더라면 읽지 못했을 책이다. 도서관에서는 이런 뜻밖의 만남이 많다.

셋째, 무료로 빌릴 수 있다.

가끔 궁금하지만 돈을 주고 사기는 좀 망설여지

는 책이 있다. 그런 책은 일단 도서관에서 빌려 읽고, 살지 말지를 판단하면 된다. 제목을 보고 관심이 생기든, 표지가 마음에 들든 어떤 이유로 호기심이 생긴 책이 있으면 닥치는 대로 빌릴 것을 권한다. 그렇게 계속 빌리다 보면 머지않아 마음에 드는 책을 발견할 수 있을 것이다.

넷째, 시간 때우기 좋다.

할 일이 없어서 한가할 때 도서관에 가면 좋다. 하릴없이 도서관 안을 돌아다니다 보면 흥미로운 책을 발견할 수 있다. 신문과 잡지도 실컷 읽을 수 있다. 요컨대 돈을 쓰지 않고도 지적 호기심을 채울 수 있는 곳이다.

이어서 도서관을 어떻게 활용해야 할지 모르겠다는 사람을 위해 도서관 활용법을 소개한다.

1. 서가 안내도를 확인하기: 서가 안내도는 장서를 장르별로

표시한 것이다. 미술을 좋아하는 사람이라면 미술 서가부터 시작하면 된다.

2. 천천히 다니며 구경하기: 도서관 서가를 처음부터 끝까지 천천히 걸어 다니면서 훑어보는 단계다. 조금이라도 호기심을 자극하는 책을 발견한다면 그 자리에 서서 책을 읽어본다. 조금이라도 관심이 생기거나 마음이 끌리면 그 책은 대여할 책 후보가 된다. 그리고 대출이 허용되는 한도에서 빌릴 수 있는 책은 전부 빌리자.

3. 집에 갖고 와서 읽기: 드디어 읽는 단계에 왔다. 대출기한내에 다 읽지 못해도, 막상 읽었는데 기대에 못 미쳐도 낙담할 필요는 없다. 원하는 만큼 읽지 못해도 독서 경험만은 확실하게 남기 때문이다. 혹은 다 읽지 못해 미련이 남는다면 한 번 더 빌리면 된다. 독서 경험이 켜켜이 쌓이면 자신감도 반드시 쌓인다. 이 점이 중요하다.

4. 취사선택하기: 도저히 읽히지 않는 책, 좋아할 수 없는 책

은 '원래 그런 책'이라고 판단하고 제외하면 된다. 돈 주고 산 책도 아니니 그저 다른 책을 빌려 보면 그만이다.

이제 도서관에 다소나마 흥미가 생기는가? 그렇다면 그 기분을 따라 근처 도서관으로 발걸음을 옮겨보길 바란다. 도서관은 많은 지식을 주고 많은 걸 느끼게 해줄 것이다. 내가 몸소 경험해보았기에 비록 책 읽는 사람이 줄었어도 도서관은 필요하다고 큰 소리로 말하고 싶은 것이다.

나다움의 군더더기를 없애기 위한

Not to do list!

1	SNS에서 나를 꾸미기	

SNS에 올린 사진은 얼마나 진짜 모습인가? 사진에 찍히지 않는 실제 일상과 너무 멀어지진 말자. 허무함만 남는다.

2	인터넷 정보를 무조건 믿기	

누구나 정보를 만드는 시대인 만큼 진짜 정보를 가려내는 눈이 필요하다. 그대로 믿지 말고 항상 의문을 품자.

3	판매 순위를 따라 구매하기	

남들이 많이 샀다면 괜히 따라 사고 싶어진다. 구매 버튼을 클릭하기 전에 한 번 더 생각해보자.

4	똑같은 미니멀리즘 추구하기	

무조건 버리지 않아도 된다. 나만의 적정량을 알고 그만큼만 소유하자.

필요가 피로가 되지 않게
군더더기 없는 인생을 위한 취사선택의 기술

초판 1쇄 발행 2021년 06월 10일
초판 3쇄 발행 2021년 07월 09일

지은이 인나미 아쓰시 **옮긴이** 전경아
펴낸이 김기용 김상현

편집 전수현 **디자인** 이현진
마케팅 조광환 김정아 남소현

펴낸곳 필름(Feelm) 출판사
등록번호 제2019-000086호 **등록일자** 2016년 6월 13일
주소 서울시 마포구 월드컵북로5가길 31, 2층 (서교동 447-9)
전화 070-8810-6304 **팩스** 070-7614-8226
이메일 office@feelmgroup.com

필름출판사 '우리의 이야기는 영화다'

우리는 작가의 문체와 색을 온전하게 담아낼 수 있는 방법을 고민하며 책을 펴내고 있습니다.
스쳐가는 일상을 기록하는 당신의 시선 그리고 시선 속 삶의 풍경을 책에 상영하고 싶습니다.

홈페이지 feelmgroup.com **인스타그램** instagram.com/feelmbook

ISBN 979-11-88469-76-5 (03830)